PRESS

C. A. PRESS

64

Sigal Ratner-Arias nació en Caracas en 1975 y pasó parte de su infancia en Israel. Empezó a escribir desde niña y más tarde estudió Comunicación Social en la Universidad Central de Venezuela y trabajó como asistente de producción y redactora de noticias para RCTV, entonces uno de los principales canales de la televisión venezolana.

En 1998 se instaló en Nueva York, donde se desempeña como editora de cultura y espectáculos del servicio en español de la Associated Press, trabajo que en la última década la ha llevado a cubrir desde el Festival de Cine de Cannes hasta la ceremonia de entrega de los premios Oscar, y a entrevistar a cientos de músicos, cineastas, actores, escritores y dramaturgos de renombre internacional. Sus artículos, entrevistas y reportajes se publican en Estados Unidos, Latinoamérica y decenas de países de todo el mundo, en español y en inglés.

La muerte de su padre a los 64 años, edad a la que murieron también su abuela y su tía, la inspiró a escribir *64*, su primera novela. Sigal vive con su esposo y sus tres hijos.

64

una novela

Sigal Ratner-Arias

PRESS

C. A. PRESS

Penguin Group (USA) LLC

PENGUIN BOOKS
Published by the Penguin Group
Penguin Group (USA) LLC
375 Hudson Street
New York, New York 10014

USA | Canada | UK | Ireland | Australia
New Zealand | India | South Africa | China
penguin.com
A Penguin Random House Company

First published in the United States of America by C. A. Press,
a member of Penguin Group (USA) LLC, 2013

LIBRARY OF CONGRESS CATALOGING-IN-PUBLICATION DATA
Ratner-Arias, Sigal, 1975–
64 : una novela / Sigal Ratner-Arias.
p. cm.
ISBN 978-0-14-751020-4 (pbk.)
I. Title. II. Title: Sesenta y cuatro.
PQ8550.428.A386A16 2013
863'.7—dc23
2013030659

Printed in the United States of America
10 9 8 7 6 5 4 3 2 1

A mi padre Z'L

Sueña como si fueras a vivir para siempre,
vive como si fueras a morir hoy.

James Dean

64

I

Dos días antes de morir, mi padre me dijo:

—Hija, tengo la misma edad que tenía tu abuela cuando murió.

En su voz noté un tono de melancolía, quizás porque presentía que el final, finalmente, estaba a la vuelta de la esquina.

Tras pasar múltiples sustos desde que era niña sabía que tarde o temprano mi papá se iría, pero preferí evadirlo para escapar del dolor que la sola idea me producía y le respondí con un ay papi, no digas eso, y cambié de tema de inmediato.

Una semana antes del primer aniversario de su partida falleció mi tía, su única hermana, a la misma edad: 64, los años que anoche me celebró mi familia.

Aunque mi madre sigue viva con 94 y he tratado de llevar una vida sana los últimos 30 años, no puedo negar que me atemoriza dejar prematuramente el mundo. Quiero lanzarme a hacer todo lo que no he osado, probar lo que no he probado, bailar lo que no he bailado y divertirme hasta la médula para VIVIR al máximo el que podría ser mi último año.

Con mis hijos ya está hablado y mi marido, un esposo soñado, ha prometido acompañarme hasta el final y despejarme el camino para asegurarse de que todo salga como yo lo he planificado.

Me llamo Anna Katz y mi aventura comienza.

II

Beatriz Rosen estaba tan convencida de que no llegaría a los 65 años que en los últimos cinco se aseguró de no desperdiciar ni un centavo de su jubilación y se dedicó a recorrer el mundo, disfrutar noches de copas con amigos, visitar museos y subastas de arte latino, entregarse a largas sesiones de masajes y celebrar cada cumpleaños como si se tratara del último.

Ahora a los 73, sin más que un pequeño apartamento que le compraron sus cuatro hijos, se pasa los días en cama, segura de que tarde o temprano una enfermedad que la acecha en silencio se manifestará, y sólo sale para hacerse un chequeo médico tras otro que siempre concluyen con el mismísimo diagnóstico: "No tiene nada Sra. Rosen. Váyase tranquila a su casa y si puede camine un poco".

"No es posible", se dice ella una y otra vez. "Ni mi madre ni mi abuela, ni ninguno de mis tíos llegaron a los 65". Una supuesta vidente se lo confirmó hacía años: la maldición del 64 también llamaría a su puerta.

A una calle de la estación de tren de Scarsdale, en un cuarto piso, Beatriz se asoma al balcón de ladrillo de su apartamento y observa a los niños que pedalean en sus triciclos, a las madres que empujan sus cochecitos saliendo del supermercado y a una pareja de ancianos que disfruta de un helado. Es la primavera del 2010 y desde 2006 no se come uno de esos deliciosos barquillos de vainilla con lluvia de chocolate, por siempre sus favoritos.

Y los de Claire, que en paz descanse.

Hace calor para ser apenas principios de mayo y los ancianos se apremian para ganarle a los rayos de sol que derriten rápidamente los helados.

Suena el teléfono pero Beatriz lo deja timbrar hasta que el aparato vuelve al silencio. Para frustración de sus hijos nunca le gustaron las contestadoras automáticas, no siempre está de ánimo para responder y jamás se molesta en escuchar sus mensajes. Ni siquiera sabría cómo. El teléfono vuelve a repicar y Beatriz sabe que es su prima Anna. Anoche fue su cumpleaños, el 64, y no estaba de ánimo para celebrar un número tan fatídico en la familia.

Entra a la sala y encara al ruidoso animal gris por un instante, pero desiste otra vez y regresa al balcón para contemplar el deleite de otros que siguen disfrutando de sus vidas.

En la esquina de la calle ve el camión de helados que aparece cada año con las primeras hojas de los árboles y decide bajar, no a comprarse uno ("eso acabaría con mi salud") sino a comérselos todos, aunque sólo con los ojos.

Con el mismo vestido de flores que le compró su difunto marido en 1978 y un bastón que lleva a todos lados aunque no lo necesite, Beatriz se acomoda el moño de cabellos grises, se plancha el frente del vestido con las manos, sube al ascensor y oprime con ansiedad el botón. La boca comienza a hacérsele agua, pero las puertas se abren y se tropieza de frente con la hija de Anna. Su prima la mandó preocupada porque no ha sabido nada de ella hace días. No le extrañó que hubiera faltado a su fiesta. Típico de la prima Bea. Sólo quería asegurarse de que aún está quejándose de sus supuestas dolencias.

—Hola Bea. ¡Qué bueno que te encuentro viva! —le dice Sofía con picardía.

—¿Y eso? —le dice ella y hace el ademán de besarle las mejillas, aunque sus labios sólo suenan en el aire.

—Mi mamá estaba angustiadísima. Llamó a reportar tu número pero le dijeron que no había averías. ¿Todo bien?

—Todo bien. Estaba en el cardiólogo haciéndome un chequeo.

—¿Desde hace tres días? ¿Y por qué no fuiste a la fiesta de mamá? No sabes lo que te perdiste. Hasta la abuela se puso a bailar con el DJ que le llevaron sus amigas. Con semejante rumba hubieras tenido una excusa perfecta para quedarte en cama toda la semana.

—Ay Sofía, no te burles de esta pobre prima. Algún día entenderás mis achaques y espero que no sea porque los padezcas. Ven, te invito a un helado.

—Gracias, estoy a dieta. Pero te acompaño.

Ambas salen del edificio y se detienen por un momento en la entrada para disfrutar del aroma casi imperceptible de los tulipanes rojos que decoran las macetas en esta época del año. A diferencia de Beatriz, las flores no durarán mucho.

Sofía comienza a caminar a paso normal y de pronto se da cuenta que está dejando atrás a su prima segunda, que la alcanza justo frente al camión de los helados. Se miran con complicidad e inhalan profundamente antes de exhalar un sonoro suspiro de placer. Beatriz suelta una carcajada y Sofía, una espigada rubia de ojos verdes de 32 años, la acompaña. Hacía mucho que Beatriz no se reía con tantas ganas.

—Cuatro años —dice Sofía.

—Sí. Cuatro años —repite Beatriz, que ahora mira a la misma pareja de ancianos, sentados en un banquito y cogidos de la mano.

El marido de Beatriz murió cuatro años antes tras sufrir un derrame cerebral en una heladería. Estaban compartiendo un banana split de fresa y chocolate cuando de pronto él dejó de hablar y se quedó con la mirada congelada hacia arriba. Los ojos le brillaban de pánico. Beatriz nunca ha podido borrarse esa imagen.

Cómo extrañaba Beatriz a Alberto. Cuán poco había hecho sin él. Desde que se mudaron de su casa en Scarsdale al apartamento después de jubilarse y de gastar gran parte de sus ahorros disfrutando de la vida, solían pasar horas charlando, jugando a las cartas o al Rummikub.

Comienzan a sonar los primeros acordes de "I Gotta Feeling" y por un instante Beatriz se extraña al ver que la música sale de la cartera de Sofía. Es su iPhone. Ella y su hermano les cambiaron el tono a todos los invitados en la fiesta de su madre por el nuevo éxito de los Black Eyed Peas.

—¡Jelou! —saluda la más joven—. Hola mamá. Todo bien. Aquí estamos, comiéndonos un súper helado.

Anna conoce bien a su hija. Sabe que es un chiste.

—Toma, mi mamá te quiere decir algo.

Beatriz toma el teléfono con algo de torpeza. No está acostumbrada a hablar por una pequeña pantalla plana y mucho menos en medio de la calle.

—Acompáñame a casa. Tengo algo para tu madre.

En el apartamento hace más calor que afuera. Beatriz evita encender el aire acondicionado tanto para ahorrarles a sus hijos en electricidad como para no pescarse una pulmonía. Si afuera la brisa mitigaba los efectos del sol, adentro la humedad les crispa el cabello, las sonroja y les perla la piel con gotas de sudor. Beatriz saca una jarra de limonada casera de la nevera y le sirve un vaso a Sofía, que la recibe agradecida mientras estudia el panorama a su alrededor.

Es un apartamento pequeño y moderno, de techos no muy altos pero bien iluminado, paredes blancas forradas de cuadros y fotos de la familia y pisos de madera porque Beatriz no soporta el polvo que acumulan las alfombras. Sólo conserva dos tapetes persas de épocas mejores: uno en la sala, que no tuvo corazón para tirar porque lo había elegido Alberto, y otro que sus hijos la obligaron a poner debajo del comedor porque cada vez que Beatriz tenía visita —lo cual era muy raro desde la muerte de su marido— los vecinos de abajo se quejaban del ruido. Los muebles eran los mismos desde que se casó: un juego de sofás de terciopelo marrón, una mesita redonda con tope de mármol y un comedor de madera laqueada de un blanco desconchado en las esquinas por el paso de los años. Además de un dormitorio, un pequeño escritorio, una mecedora en el balcón y algunas plantas, no le quedaban más bienes de la que había sido su casa en otra vida, cuando sus hijos vivían con ella y Alberto y todo era alegría. Lo vendió todo cuando se mudaron, tanto porque no le cabía como porque necesitaba el dinero.

—¿De cuándo es esta foto? —dice Sofía observando una imagen en blanco y negro de 5 x 7 que cuelga de la pared, en la que sus cuatro primos pequeños están disfrazados de marineros.

—¡Ah! ¡Qué de tiempos! Eso fue en la fiesta del Bar Mitzva de un sobrino de tío Alberto que coincidió con Purim —dijo en referencia a la divertida fiesta de disfraces que conmemora cuando la reina Ester y su tío Mordejai evitaron la aniquilación del pueblo judío de la antigua Persia—. Todos fuimos disfrazados. Éramos la caravana marina. Tu tío se vistió de capitán y yo de maestre.

—¿Maestre?

Beatriz entra a su habitación y Sofía mientras saca su iPhone y busca en Wikipedia:

"Maestre. El maestre en los veleros antiguos era el encargado de que el estado del barco fuera óptimo antes de partir, así como de los aspectos económicos y de intendencia".

Tiene sentido, piensa. Con lo organizada que es Bea.

Beatriz llama a Sofía y le pide que le ayude a bajar unos libros para su madre que guarda en lo alto de una estantería. Es una biblioteca ordenada que ocupa toda una pared del cuarto de su prima. Se sube en un taburete y ni en la repisa más alta encuentra rastro de polvo. Sonríe para sus adentros, pero desiste de hacer un comentario chistoso por respeto a la prima.

—Ajá, Bea. ¿Qué te bajo?

Los títulos le causan una nerviosa media sonrisa. *2001 cosas que hacer antes de morir. Cosas inolvidables para hacer antes de morir. Un último deseo que cumplir antes de morir.*

Sofía lee la contraportada del primero:

"Ahora es el momento de hacer todas esas cosas que sólo

habías soñado… Sube el Kilimanjaro… Inventa algo… Cambia de trabajo… Escribe tu nombre en cemento… Sé testigo de un nacimiento".

"Sé testigo de un nacimiento".

Sofía pierde el equilibrio por un momento, pero logra apoyar el pie en el suelo y se recupera. Con las mejillas coloradas y los libros en la mano, se excusa y le da un beso a Beatriz y se apresura hacia la salida. Oprime el botón del ascensor pero opta por las escaleras al oír el bastón y los pasos de la prima.

Deja atrás los tulipanes y los ladrillos, la pareja de ancianos, el camión de los helados. Sube a su auto alquilado a dos calles y no puede evitar romper en llanto. La regla no le ha venido esa semana y su octavo novio la ha dejado.

III

La primera raya apareció enseguida y por un momento Sofía sintió un gran alivio. Pero las instrucciones, que no había leído pero recordaba bien desde que pasó su primer y otro único gran susto, lo decían claramente: espere hasta dos minutos para completar la prueba y aún si no aparece una segunda raya puede tratarse de un falso negativo. Los 15 segundos se le hicieron eternos. Sentada en el baño de su apartamento de una habitación en Manhattan sintió que el pecho le estallaba al verla aparecer, borrosa e inclemente, la segunda rayita.

No hubo segunda prueba, ni tercera, ni cuarta o quinta, como aquella primera vez a los 19 años, cuando el terror le clavó la idea de que el nivel de la hormona hCG en su orina aún no era el suficiente para arrojar un positivo y la pobre no durmió cuatro noches hasta que manchó de rojo el sofá beige de Ikea. Más de una semana pasó tratando de limpiarlo, pero feliz. Por fin, sucumbió ante la mancha y resolvió el asunto echándole encima una manta que no sólo la tapaba sino que le recordaba la suerte que había tenido y lo mucho que debía cuidarse en adelante.

Quedar embarazada en esa etapa de su vida habría sido catastrófico. Apenas cursaba el segundo año de periodismo en NYU y lo último que quería era arruinar un ambicioso plan que incluía llegar a escribir para las páginas de arte del *New York Times* y convertirse en editora de esas mismas páginas antes de los 30.

Por si fuera poco el hipotético padre de la criatura era un chico de su edad, guapo y divertido, pero con un futuro menos planificado y ambicioso que el suyo. Para él, la universidad era una larga vacación patrocinada por sus adinerados papis; lo más lejano que podía prever era la salida del próximo viernes, que religiosamente acababa extendiendo hasta el domingo.

—Justo a tiempo para la misa —bromeaba medio borracho.

El chiste hacía referencia a Limelight, el famoso club nocturno de Chelsea ubicado en una antigua iglesia del siglo XIX. Al difunto párroco le habría dado un infarto ver el santo recinto convertido en semejante antro del pecado.

Sofía rumbeaba, pero conocía sus límites; sabía exactamente cuándo tenía que aplicarse en sus estudios y cuándo podía pasarse tres noches seguidas bailando y tomando gracias a un documento de identidad falso que el mismo noviecito le había fabricado. En cualquier caso, ninguno estaba listo para tener una relación seria y mucho menos para asumir la responsabilidad de un bebé.

Pero a los 32 años la historia era distinta. Rafael la había dejado, sí, pero ella era una exitosa editora en una agencia de noticias de prestigio y el llamado reloj biológico retumbaba cada día con más fuerza en su interior. Por más independiente y segura que pareciera, estaba más que lista para formar una familia.

Quizás estaría más tranquila si no se percatara de las miradas de lástima mal disimulada con que su hermano y su cuñada la miraban mientras jugaba con sus amadas sobrinas las dos veces al año que venían de visita desde Michigan. Él le llevaba apenas dos años y desde hacía tres ya era padre de dos niñas. Su soltería en especial le preocupaba a su abuela, que en cada cumpleaños desde los 25 brindaba porque ese sí sería el año en que Sofía se casaría.

—No me queda mucho tiempo —le decía—. ¡Vamos! Que todavía quiero bailar la *jora* en tu boda.

"Como si una pudiera comprarse un buen marido y además judío en el mercado de pulgas de Soho", pensaba Sofía mientras seguía sonriéndole a su abuela.

Estuvo cerca de casarse en dos ocasiones, a los 23 y a los 28, pero en ambos casos rompió ella el compromiso al darse cuenta de que ni Andrew ni David podrían hacerla eternamente feliz, y que tampoco ella podría hacerlos felices a ellos. Uno era un maníaco del orden hasta el punto de que podía levantarla en la mitad de la noche si encontraba un pelo suyo en el lavamanos; el otro esperaba que ella lo dejara todo y se mudara con él a Marruecos, donde él sería diplomático pero ella no sería nadie ni tendría nada que buscar profesionalmente; ni siquiera hablaba el idioma.

—No seas tan exigente —insistía la abuela—, no existe el hombre perfecto. Tu abuelo y yo peleábamos todo el tiempo pero no podíamos vivir el uno sin el otro. Hasta que... ya sabes, pasó a la eternidad a los 64. Dios lo tenga en la gloria.

Su madre hacía mucho que había dejado de hablarle del tema. Sólo le pidió, al cabo de un atropellado desfile de novios, que no se apresurara tanto en traerlos a casa para no causarle falsas esperanzas a la abuela, que con cada uno se entusiasmaba y le declaraba a la familia:

—Este sí es, van a ver, que se los digo.

Pero Sofía entendió de inmediato que era su madre la que no quería hacerse ilusiones. Y aunque le había contado que estaba saliendo con un profesor de teatro de su alma máter, que era judío y de padres argentinos, se reservó que nunca se había sentido así con nadie, que prácticamente estaban viviendo juntos, que él estaba recién separado de su esposa y que tenía dos hijos pequeños. Ni siquiera le dijo su nombre. Rafael.

Menos mal, pensó tres semanas antes cuando él la sorprendió después de cuatro meses juntos diciéndole que el domingo, cuando había llevado a sus hijos de vuelta a la casa de su ex, ella lo había convencido de que se dieran una oportunidad, si no por ellos, por los niños, y que si no lo hacía tenía miedo de arrepentirse toda la vida. Desde entonces, Sofía no había vuelto a saber de él.

Un hijo. O una hija. Un ser formándose en su propio ser. Aunque aterrada, Sofía se deja embargar por una emoción contenida que le permite imaginarse cómo se vería con una gran barriga, cómo se sentiría ese ser moviéndose como un pequeño pez en su vientre, luchando por el derecho a nutrirse de su sangre, de respirar su propio oxígeno.

Aún sentada en el inodoro, se transporta a la última vez que hicieron el amor, esa noche perfecta en la que, tras acompañarlo a ver una obra de sus alumnos, volvieron a casa, abrieron una botella de vino tinto e intercalaron besos apasionados con grandes sorbos y mordiscos, y se fueron pelando de a poco las ropas mientras sus labios y lenguas recorrían cada centímetro de piel.

Y ahora esto.

Sofía se percata de que los muslos se le están durmiendo. No sabe cuánto tiempo ha pasado, pero finalmente se levanta, se lava la cara con agua fría y sale del baño a su cuarto dejando la prueba de embarazo encima del lavamanos. Sobre la mesa de noche aún están los libros que su madre le encargó a la prima Bea y que no tuvo coraje de llevarle el mismo día.

—Sé testigo de un nacimiento —dice ahora en voz alta, con ironía.

Su madre era abuela, pero no había sido testigo de un nacimiento. Sus sobrinas nacieron en Boston mientras su hermano estudiaba un posgrado en economía y ella y sus padres llegaron al día siguiente del parto. *Sesenta y cuatro.* Su mamá había cumplido 64 y esta podía ser su única oportunidad de ver a su hija embarazada, de vivir con ella la formación de un nuevo nieto, de acompañarla a las ecografías y ver lo que en su época la tecnología no le permitía. De atestiguar un parto y tachar un acontecimiento importante de su lista. Sofía ya no tenía dudas. Estaba decidida.

IV

Un certificado para un masaje con piedras en el hotel W de Park Avenue South. Un ejemplar de *El principito* de Antoine de Saint-Exupéry. Otro de *Crónica de una muerte anunciada*. Anna no puede evitar esbozar una sonrisa al ver el título de Gabriel García Márquez entre sus regalos de cumpleaños.

—¡Qué apropiado! —le dice a Leonardo con el libro en la mano, levantándolo un poco desde el sillón para que el marido, medio dormido en la cama contigua, pueda verlo con el ojo izquierdo, el derecho aún cerrado contra la almohada. Leonardo sonríe con un guiño de aprobación y vuelve a tratar de conciliar el sueño.

Anna ha ido abriendo los regalos con la precisión de un cirujano, tratando de no romper el papel con la idea de reciclarlo. Ya tiene suficientes como para forrar todos los obsequios que se puedan dar en una vida, pero aun así suma uno más a su colección por considerarlo demasiado hermoso como para desecharlo.

Esa mañana se levantó con la energía de siempre pese a que la víspera le habían celebrado en grande los 64, la edad emblemática a la que murieron su padre, su abuela y su tía por deficiencia cardiaca, además de algunos parientes menos cercanos. Esperaba sentirse diferente, encontrar en el espejo algún indicio de que el de anoche sería su último cumpleaños. Había leído un artículo titulado "¿Una enfermedad está mirándote a la cara?" sobre las señales de enfermedad que se suelen pasar por alto en el rostro, y tan cerca como le permitió su presbicia dedicó unos minutos a estudiar su reflejo. Un aro blanco alrededor del iris podría indicar un nivel de colesterol alto, un tono pálido en los párpados indicaría anemia, un cambio en el tono de la piel podía deberse a hepatitis u otro problema del hígado. Todo estaba en orden. Su única dolencia era migraña, con aura, y había tomado las precauciones necesarias antes de acostarse para evitar un episodio digno de tantos tragos, tanta música y tanto baile.

Anna todavía se veía bien, y lo sabía. Ni los estragos de la menopausia le habían robado el esplendor de la cara o el brillo de sus ojos verdes. Corría dos veces por semana y practicaba yoga religiosamente los domingos, y cuidaba lo que comía sin privarse del dulce, la pizza o el plato de pasta ocasionales. Nunca le faltaron piropos en su natal Venezuela y aún pasados los sesenta, en su adoptiva Nueva York, los seguía recibiendo, sobre todo bajo la iluminación adecuada, esa que podía hacerla lucir hasta 10 años más joven sin necesidad del *lifting* al que se habían sometido algunas de sus amigas.

Con el libro aún en la mano, Anna se levanta del sillón, coge sus gafas y vuelve a meterse en el lecho de sábanas blancas que desde hace 37 años comparte con su eterno novio, como suele referirse a Leonardo. Le roza el pie con el suyo y se deja embriagar por la sensación de paz infinita que le produce la sincronización de energías en ese discreto contacto —a veces lo único que la calma en las noches de insomnio.

Crónica de una muerte anunciada, lee en la portada del libro de tapa blanda que le fascinó hace tres décadas y que nunca releyó.

"Querida Annita", dice adentro una nota a mano. "Después de mucho pensar qué regalarte en este cumpleaños tan importante para ti y tu familia, opté por esta joya del Gabo, a quien tanto admiras, y me tomé la libertad de resaltar algunas líneas que me parecieron apropiadas. Si sigues las instrucciones al pie de la letra llegarás a la conclusión de que este no puede ser tu último año y de paso encontrarás una sorpresita que espero te traiga buenos recuerdos de nuestra juventud. Tu hermana del alma, Dina. PD: Vete directamente a la página 4".

Dina, una pintora radicada en Miami que había viajado especialmente a Nueva York para asistir al cumpleaños de Anna, era una de sus mejores amigas desde siempre. Se conocieron de adolescentes en la única escuela secundaria judía de Caracas y pese a que a veces podían pasar meses desconectadas sabían que contaban la una con la otra del mismo modo en que sabían hacerse reír o llorar mutuamente. Anna era una de las pocas personas que no sólo entendían a Dina sino que realmente apreciaban su sofisticado sentido del humor. Dina era una de las pocas personas capaces de llevar a Anna a su nivel más profundo de reflexión y, junto con Leonardo, fue su ancla durante el año que murieron su padre y luego su tía. La ayudaba a llevar a sus hijos a la escuela por las mañanas y la obligaba a levantarse, a vestirse y a seguir adelante con su vida.

Anna se dirige a la página 4 y lee el texto marcado con resaltador amarillo: "…la mayoría estaba de acuerdo en que era un tiempo fúnebre", y escrito a mano "sigue en la página 6". Le sigue el juego a su amiga, que la pone a saltar de página en página, a armar un rompecabezas de textos marcados con el resaltador, palabras agregadas entre paréntesis y frases de su puño y letra añadidas al margen del libro.

"(Pero) todos los sueños con pájaros son de buena salud", lee en la página 6, "y yo te he soñado con grandes alas volando alto", ahora en la letra de Dina. Página 49, "Nunca hubo una muerte más anunciada…", y 75, "(aunque quizás) se conservaría por más tiempo". Vuelve a recorrer todo el camino de citas y páginas y las piezas acaban encajando como un poema:

> La mayoría estaba de acuerdo en que era un tiempo
>   fúnebre (p. 4)
> (Pero) todos los sueños con pájaros son de buena salud
>   (p. 6)
> Y yo te he soñado a ti con grandes alas volando alto
>   (Dina)
> Nunca hubo una muerte más anunciada (p. 49)
> (Pero) la puerta fatal (aún estaba lejana) (p. 12)
> Se conservaría por más tiempo (p. 75)
> La tuya será una Crónica de una VIDA anunciada
>   (Dina)

La dedicatoria termina en la página 64. Entre la penúltima y la última línea, ahora en verde esperanza: "seguimos la fiesta por nuestra cuenta".

Las lágrimas le habrían corrido el rímel que no se quitó la víspera de no ser por la bolsita transparente con un cigarrillo de marihuana que Anna encuentra pegada en la página 65, y que al principio se imaginó que era un marcapáginas. "Para que nos lo fumemos juntas en tu próximo cumpleaños, que coincidirá con el cuadragésimo aniversario de la primera y única vez que te atreviste a fumarte uno, también conmigo". Una gran sonrisa la ilumina.

V

Una lluvia de flores cae con cada bocanada de viento en Central Park. Sofía camina con sus padres sobre una alfombra de pétalos rosados y el suave aroma, que solía endulzarle el espíritu en anticipo del caluroso verano, le produce unas náuseas que apenas logra disimular.

Va tomada del brazo de su padre, su madre abrazándola del otro lado, un sexteto de pies moviéndose al unísono. Sofía se recuerda caminando así por la playa de La Guaira en sus visitas a Caracas, donde de niña le fascinaban los araguaneyes floridos junto al Ávila y el olor a guayaba, mango y níspero en la cocina de la abuela paterna. Hacía años que no iban a Venezuela; hacía años que los pocos parientes cercanos que quedaban se habían mudado también a otras tierras. La eterna primavera del paraíso que había acogido a sus abuelos después de la guerra contrastaba ahora con el clima político, tan colorido como los árboles de Nueva York en el otoño.

Sofía invitó a desayunar a sus padres al Boathouse de Central Park con el pretexto de que no los había visto en dos semanas. Dijo que quería entregarle a su madre los libros de la prima Bea y ver cómo iba su lista de cosas por hacer en caso de que fuera su último año. Pero en realidad, quería aliviar el peso que sentía desde que se enteró de su embarazo y de una vez contárselos.

La mesa con vista al lago en la terraza de blancas columnas y pisos de madera le brinda un ambiente de paz perfecto; los patos nadan de dos en dos, varias parejas con y sin niños pedalean en los botecitos bajo un cielo azul intenso, tres chicas ríen a bordo de una góndola veneciana.

Una atractiva camarera de aspecto europeo se acerca y anuncia los platos del día. Anna ordena huevos benedictinos con salmón ahumado en lugar de tocino canadiense, Leonardo filet mignon con papas campesinas y Sofía la omelette del día, con corazones de alcachofa, puerros y espinaca.

—¿Para beber?

—Bellinis para todos —le dice el patriarca a la joven con piel de porcelana y porte de modelo, que evidentemente se gana la vida atendiendo mesas mientras consigue trabajo como actriz, como tantas otras en la ciudad de los rascacielos.

—Y agua por favor —agrega Sofía, que no había probado el alcohol desde el cumpleaños de la madre pero se abstiene de rechazar el trago para no tener que empezar a dar explicaciones.

Un canasto de pan recién salido del horno llega como un bálsamo a apaciguarle las náuseas, que a estas alturas ya no sabe si achacarle a su estado o a los nervios. Algo más repuesta, respira hondo para coger fuerzas y se dirige a su madre:

—Entonces, mamá, ¿cómo va la lista? ¿La trajiste?

—Sí, pero apenas he podido actualizarla. Me encargaron la traducción de un libro de cocina y eso me tiene consumida.

—Tu mamá ya habría terminado—intervino Leonardo—

pero se le ocurrió la locura de preparar cada una de las recetas que va traduciendo. Si pudiera, cocinaría hasta los números de las páginas.

Anna se hizo traductora a los 55 para poder pasar más tiempo con su madre, a quien el tiempo poco a poco le iba arrebatando facultades. Durante años había sido profesora de español de la escuela pública primaria de New Rochelle, un trabajo que disfrutaba enormemente y cuyo vacío intentó llenar frente al fogón con un cucharón, un delantal y una selección infinita de especias. Casi a diario sorprendía a su familia con alguna buena receta, y alguna otra no tan buena, que había recortado de una revista, intercambiado con alguna amiga o sacado del nuevo libro del último chef de moda. Era un talento que llevaba en la sangre: su difunto padre no tenía un título de chef, pero en su casa sí que lo era.

Sofía toma la lista y lee en voz alta los ítems que aún están por tachar.

—Viajar a Israel y subir a Masada. Enseñarle a un adulto analfabeta a leer. Correr el maratón de Nueva York. Bañarme desnuda en el mar. Hacer el amor en la playa...

Anna se ruboriza y Leonardo le arranca juguetonamente la lista de las manos a Sofía.

—Dame acá, que esto no es apto para menores.

—¡Papi! —Sofía recupera la hoja, fuerza una sonrisa e intenta mostrarse lo más natural que puede—. ¡Tengo 32 años! ¡Ya no soy tu niña chiquita!

Saca de su bolsa los libros de la prima Bea, las páginas de interés marcadas con coloridos post-its, y con un portaminas añade sus sugerencias mientras la mesera regresa con los pedidos.

Anna y Leonardo se miran con picardía, sus tenedores revolotean de un plato al otro en un rítmico intercambio de bocados. No tienen ni idea del torbellino que recorre a su hija de arriba abajo, de los cambios hormonales, de las náuseas, del dolor tras el brasier, de lo que oculta su barriga.

—Mmm… —le dice Anna a su marido tras saborear un pedacito de carne con papas—. ¿Cómo haces para pedir siempre lo más rico del menú?

Y como tantas veces, Leonardo, entre satisfecho y resignado, sonríe de medio lado y se dispone a canjear su plato, pero ella lo detiene con un beso tierno en los labios.

—No es necesario —le dice con sinceridad—, estaba jugando.

—Listo —Sofía se acomoda en su silla como para empezar a comer, aunque ha perdido el apetito—. Pero no la leas todavía; mejor luego con el postre.

Y guarda el papel en su bolsa para postergarles a ellos un poco el dolor, aunque con ello también prolongue su martirio.

—¿Cómo va el trabajo? ¿Alguna cobertura interesante en estos días? —le pregunta su papá.

—Como siempre, intenso pero tranquilo. Acabamos de salir del Festival de Cine de Cannes y en junio tenemos el de jazz de Montreal, pero no tengo corresponsal, quizás me toque ir a mí.

—¡Qué bien! —le dice Anna—. Siempre has dicho que te gustaría ir.

Y mientras sus padres comienzan a recordar un viaje de aniversario que hicieron a Montreal, Sofía se pierde por los pasillos de su psique, todos plagados de pensamientos que la llevan a lo mismo: su embarazo, la decepción que le causará a sus padres, Rafael. De pronto piensa en lo poco que le tomaría llegar desde donde está a la oficina de él en NYU: nueve estaciones en la línea 6 del Subway, ocho paradas de autobús, sesenta y cinco cuadras caminando, doce dólares en taxi.

Sofía se pregunta si Rafael pensará en ella tanto como ella en él, si las noches se le hacen igual de largas y frías sin sus abrazos, si también a él alguien le ha gastado una broma en el trabajo al encontrarlo soñando despierto. ¿Cómo le estará yendo con su esposa? ¿Le hará el amor con el mismo ardor que a ella? ¿Se tomará el mismo tiempo? A Sofía le cuesta creer que algo tan especial haya sido tan insignificante para él, tan efímero. Mientras él retomó su vida exactamente donde la había dejado, la de ella había cambiado para siempre.

—Sofía, ¡Sofía! ¿No me oyes?

Sofía reacciona y se reincorpora a la escena en el restaurante.

—Disculpa mamá, ¿qué decías?

—Que si no vas a comerte tu omelette, que ya debe estar fría. ¿Qué te pasa? ¿No te sientes bien?

—No, no. No es nada. Perdona, me puse a pensar en otras cosas. La verdad no tengo mucha hambre.

Sofía hace un esfuerzo y come unos cuantos bocados, pero con cada uno se le intensifica el hormigueo en la boca del estómago: sus padres están esperándola para pedir el postre.

No aguanta más y le da la lista a su madre, que comienza a leerla entusiasmada junto a Leonardo.

—Completar mi árbol genealógico. Subirme a la montaña rusa más alta del país. Enviar un mensaje en una botella. Pasar todo un día comiendo comida chatarra sin arrepentirme… ¿De dónde sacas estas cosas? Leer ese libro que siempre he querido leer —prosigue—. De hecho tengo varios pendientes… Escribir mi propio libro… Ser testigo de un nacimiento.

La lista termina ahí.

Anna hace una pausa y frunce el ceño. Se percata de que su hija es la única que no ha probado su copa y de inmediato comienza a atar cabos. Busca los ojos de Sofía y los ve tan grandes y redondos como aquella vez que la sorprendió a los seis años recortando el vestido que ella iba a estrenar esa noche en una fiesta para hacerle uno similar a su muñeca. Baja al cuello y ve las manchas rojas que delatan inequívocamente su nerviosismo.

—¿Tu hermano? —le pregunta esperanzada no queriendo escuchar la respuesta que en realidad anticipa.

Sofía niega con la cabeza y el corazón le late tan fuerte que todo Central Park puede escucharlo.

De uno de los libros saca una tarjeta con una imagen borrosa en blanco y negro en la que una pequeña flecha señala una masita amorfa con un puntito negro en el centro. "Sofía Katz", dice en el extremo superior izquierdo junto a la fecha de hace tres días.

"Queridos abuelos, sé que no me estaban esperando, pero de todos modos espero que me den la bienvenida y apoyen a mi mamá en esta decisión que ha tomado. Para ella también he sido un shock, pero poco a poco me ha ido asimilando y creo que incluso ha llegado a quererme. Abuelita, también necesito pedirte un favor muy importante: espérame. Mi mamá te necesita. Como sabes está sola y tú eres la persona más importante en su vida. Mi mamá piensa mucho en ti. Lo puedo sentir aquí adentro. Te mantiene presente en su interior".

Anna cierra la tarjeta y clava la vista en la imagen del embrión de seis semanas, ahora borrosa ante sus ojos. Milímetro a milímetro siente el lento recorrido de una lágrima que cae justo en el corazón de su futuro nieto, animando el papel de una manera surrealista. El piso se le mueve pero está completamente paralizada, lo mismo que su hija.

Leonardo las ve en tal estado que hace un esfuerzo por apartarse de sus propios pensamientos y toma a Sofía de la mano.

—Cuéntanoslo todo.

VI

Sofía cayó finalmente rendida entre los brazos de su madre, con los párpados hinchados tras horas de llanto intermitente. Leonardo la mira desde el sillón contiguo sin poder recordar la última vez que su hija durmió con ellos en la cama.

Incluso así, acurrucada en posición fetal bajo el abrazo de Anna, es una imagen lejana de la de aquella niña inocente que se sentaba a leer o juguetear en su regazo y le besaba la esquina interna de los pómulos para no pincharse con su afilada barba de dos días.

"Hijo de puta", se repite una y otra vez, cerrando momentáneamente los ojos más por cansancio emocional que por agotamiento físico. "Casado y con hijos", retumban sus pensamientos y reniega al compás con la cabeza, sin aceptar los hechos.

¿Y en qué estaba pensando ella cuando decidió dar el paso pese a que él desde el principio le dijo que estaba recién separado de su familia? ¿No pudo oler el drama a distancia, o la curiosidad le ganó a su sentido del olfato? "¡Ay Sofía! ¡En qué lío te has metido!".

No le sorprendió que hubiera quedado embarazada tomando en cuenta su edad y el viaje de relaciones que había tenido, pero le dolía en el alma verla sola en esas circunstancias e imaginar a su nieto creciendo sin el amor de una figura paterna, sin un buen padre como el que él había sido para sus hijos.

Cuántas veces no se preguntaron Anna y Leonardo por qué su hija sería tan inestable en sus relaciones si en ellos no vio más que a una pareja eternamente enamorada. "¿Por qué?", llegaron incluso a preguntarle en una ocasión, y Sofía se encogió de hombros ofendida y se distanció unos días cual chiquilla regañada.

—Sofía, piénsalo hija. Eso que tienes ahí no es más que un poco de células reproduciéndose y mientras más esperes peor. Aún estás joven, puedes conocer a alguien más, enamorarte, formar una verdadera familia —intentó convencerla esa tarde.

—Lo siento papá, la decisión está tomada. ¿Y sabes qué? Quizás no nací para casarme. ¡Ya tengo 32 años y mira que lo he intentado! ¿Quién me asegura que conseguiré al hombre adecuado? ¿Quién me asegura que llegará a tiempo para hacerme madre? Los años se pasan y en este momento no hay nada que anhele más en la vida. ¿Hasta cuándo voy a esperar papá? Además mamá…

—Sí, cumplí 64 —la interrumpió Anna, que apenas había abierto la boca desde que salieron del restaurante—. Pero si lo haces hazlo por ti y no por mí, que yo ya tengo dos nietas, muchas gracias.

—Es que no quiero que termines como la prima Bea.

—¡Sofía! ¿Qué tiene que ver con esto la prima Bea?

—No sé, mamá. Te miro leyendo los mismos libros, haciendo tu lista. ¿Y si no te mueres, como ella, qué vas a hacer el resto de tu vida? ¿Vivir como un zombi porque ya hiciste todo lo que querías? ¿No te das cuenta que desde que Beatriz cumplió 65 está más muerta que viva?

—Hija, ¿cómo vas a comparar? Lo de Beatriz fue una verdadera tragedia. Y cuando por fin empezaba a recuperarse la pobre también perdió a Alberto. Yo no voy a terminar así, Dios no lo quiera.

—De todos modos ver crecer a un hijo mío te daría un nuevo propósito en la vida. Yo no me voy a Michigan ni a ningún lado, mamá; me quedo aquí, contigo. ¿No ven que ahora más que nunca los necesito? Por favor. Necesito que respeten mi decisión y me apoyen aunque no puedan entenderme de inmediato.

Sofía tenía razón. La decisión estaba tomada. Anna y Leonardo sabían que con lo terca que podía ser su hija no tendrían más remedio que ayudarla; cuando algo se le metía en la cabeza, fuera una realidad como ésta o una fantasía como su relación con Rafael, era prácticamente imposible lidiar con ella. Para ella todo era perfecto, hasta que de pronto ya no lo era.

Claro que no la iban a dejar sola, aunque también se debatieron acerca de si debía o no avisarle a Rafael que iba a tener un hijo suyo.

—No tiene caso —les dijo Sofía—. Él no quiere más hijos y yo no pienso renunciar a éste. Mi bebé no tendrá padre pero tendrá una madre que lo adore y a los mejores abuelos del mundo, hasta los 120.

Pero Manhattan es una isla pequeña y ambos se desenvolvían en el mundo de las artes, le advirtieron sus padres.

—Tarde o temprano se va a enterar por alguien más o se va

a tropezar contigo en cualquier esquina. Es mejor que tú se lo digas.

—Ya veré más adelante si estoy lista, pero hasta que no cumpla los tres meses de embarazo prefiero que esto quede entre nosotros. ¡Que ni la abuela ni mi hermano se enteren todavía! Ya suficiente tengo encima.

Leonardo se acuesta junto a sus bellas durmientes y cierra los ojos, pero la discusión con su hija sigue revoloteando en su cabeza. De pronto ve a Beatriz viviendo a plenitud en otra vida, viajando con su marido y sus hijos, haciendo planes, comiéndose la Gran Manzana. Su vida se vino abajo con las Torres Gemelas ese fatídico 11 de septiembre, un par de meses antes de su 65º cumpleaños, cuando la prometida del menor de sus hijos llegó más temprano de lo habitual a su oficina y nunca más volvió a salir del edificio.

Casi tres mil vidas cobraron los ataques terroristas esa soleada mañana de martes, una particularmente hermosa para la Nueva York de principios de otoño. La historia del mundo se reescribía; la de Beatriz entraba en una dimensión desconocida que consumía su energía y la iba alejando de la que hasta entonces había sido su realidad.

No. Anna no puede terminar como Beatriz ni morirse a los 64. Un bebé, incluso bajo estas circunstancias, podría ser su salvación, piensa Leonardo, empezando finalmente a reconciliarse con la almohada.

VII

"A poco más de un año de la inauguración del monumento a las víctimas de los ataques terroristas en el Centro Mundial de Comercio, decenas de trabajadores colocan miles de baldosas de granito que forrarán las dos piscinas cuadradas donde una vez se erigieron las Torres Gemelas".

"Los visitantes podrán ver el granito a través de sendas caídas de agua de 30 pies, las cascadas más profundas que haya construido el hombre".

Beatriz Rosen escucha atentamente las noticias en una vieja radio en la cocina. Con expresión lúgubre, inmóvil frente a una taza de té de camomila, intenta imaginar el escenario que describe el locutor: un bosque de árboles alrededor de las piscinas, el nombre de cada una de las víctimas tallado en láminas de bronce que delimitan la huella de los que fueran los rascacielos más altos de la ciudad, la temperatura del metal siempre agradable al tacto sin importar la época del año.

Muy pronto familiares y amigos podrán acudir al último lugar de descanso de sus seres queridos en busca de una conexión, de un momento de solaz. Muy pronto quizás hasta Beatriz Rosen podrá cerrar ese capítulo tan doloroso de su vida, que la llevó de vivir a toda máquina antes de morir, a tratar de sobrevivir muriendo en vida.

Beatriz se levanta despacio y con una tristeza ineludible se dirige a su habitación, donde saca del armario un hermoso cofre de caoba que atesora los recuerdos de lo que una vez pudo ser, de lo que no pasó. Lo mira indecisa unos momentos, consciente de que si lo abre corre el riesgo de sumirse de nuevo en una profunda depresión.

La voz en la radio, que antes escuchaba con tantísima atención, es ahora un ruido blanco que la aísla de cualquier posible interrupción. Beatriz se va enredando de a poco en una telaraña de recuerdos, seducida por imágenes que la transportan a los últimos tiempos felices que puede recordar.

Acaricia el cofre como para sacudir el polvo inexistente y finalmente levanta la tapa en busca de una mota de alegría, sin importarle que cuánto más alto vuele más dolorosa será la caída. Una invitación impresa en el más fino papel marfil la recibe calurosamente.

Allen Roth   *Alberto Rosen*
Judith Roth   *Beatriz Rosen*

Tenemos el agrado de invitarlos al matrimonio de nuestros hijos

Claire y Elliott

que tendrá lugar D. M. el sábado 10 de noviembre del 2001 a las siete y treinta de la noche en Tavern on the Green, Central Park. Ceremonia inmediatamente seguida de la recepción.

Favor confirmar su asistencia   *Traje formal*

Beatriz toma la tarjeta con delicadeza, se cubre con ella la cara y respira profundo un olor que la ayuda a realizar su viaje en el tiempo. Siente el papel entre los dedos y casi puede tocar el velo de novia que le obsequió a su futura nuera, el mismo que ella usó hace 40 años y que por tradición usaron las esposas de sus otros tres hijos. "Será mi mayor honor, y estoy segura de que me dará suerte", le dijo Claire agradecida dándole un fuerte abrazo.

Beatriz aprieta la tarjeta unos segundos contra su pecho y con los párpados caídos la coloca a su lado, sobre la cama. Saca del cofre una cándida fotografía de 4 x 6 en la que Claire la saluda con sus alegres ojos marrones y la más amplia sonrisa, con Elliott arrodillado a su lado tomándole la mano izquierda para señalar el flamante anillo de compromiso.

"¡Es tu culpa!", le grita su hijo inconsolable desde la foto, trasladándola de inmediato a la *shivá* de Claire, los siete días de duelo estricto en el judaísmo, cuando el dolor, la rabia y la confusión están a flor de piel. "Tú y tu estúpida obsesión con el 64. ¡De no ser por ti ahora estaríamos de luna de miel!".

"Es mi culpa", se repite Beatriz como tantas otras veces. El dolor es excesivo.

Vívidamente Beatriz se recuerda viendo las noticias con Alberto la mañana del 11 de septiembre, cuando recién se anunciaba que un avión se había estrellado contra la Torre Norte en lo que parecía ser un accidente.

—¡Claire! —gritó horrorizada llevándose las manos a la cara, mientras caminaba sin parar en círculos por la sala con la boca abierta y la frente arrugada en una expresión evidente de terror.

Lo último que Elliott supo de su prometida es que se había

ido más temprano al bufete de abogados donde realizaba una pasantía para finiquitar unos asuntos pendientes desde la semana anterior: un favor que le pidió Bea en relación con su testamento. La última vez que escuchó su voz fue en una grabación. *"Hello, this is Claire. Leave a message"*. Si ella pudiera escuchar todos los mensajes que le dejó.

Beatriz cierra los ojos con todas sus fuerzas pero las lágrimas encuentran su vía de escape.

Se pregunta qué opinaría Claire si la viera así, completamente aislada, irreconocible ante sus ojos. Seguramente no aprobaría su encierro. Seguramente la obligaría a salir de casa y estaría cual Cupido buscándole un novio.

Claire, su nuera favorita, esa que estratégicamente pidió que la boda fuera en la víspera de su 65° cumpleaños para asegurarse de que su futura suegra llegara viva a ese día, sin sospechar que injustamente sería ella quien no llegaría. Esa que había contratado mariachis que iban a sorprenderla a las 12 de la noche con *Las mañanitas*. Esa que estaba esperando el momento justo para anunciarle a Elliott que iba a ser padre y que no llegó a decírselo a nadie más, pero Beatriz ya lo sabía.

"¿Por qué ella si era mi turno? ¿Por qué ella y no yo?", se había preguntado infinidad de veces a lo largo de los años.

Nunca se encontraron sus restos. Sus cenizas, al igual que las de cientos de personas, eran ahora parte intrínseca del monumento en construcción.

"Reflecting Absence", piensa Beatriz en el nombre que los arquitectos le han dado a la obra en la Zona Cero y siente que encaja perfectamente con el agujero en su corazón: un reflejo de la ausencia.

"La relación entre el agua y la muerte se remonta a tiempos antiguos", suena de nuevo la radio citando el artículo de un tal Philip Kennicott para el Washington Post.

"Sin referencia a ningún mito en particular, las aguas corrientes sugieren el río Estigia, el límite entre la tierra y el mundo de los muertos en la mitología griega. También sugiere portales o remolinos a través de los cuales uno puede pasar a lo desconocido, al más allá".

Beatriz hace un esfuerzo sobrehumano por levantarse, vuelve a observar a Claire en la fotografía y responde a su sonrisa con un lento parpadeo. Se despide dándole un beso y la regresa a su lugar en el cofre, junto a los recibos del fotógrafo, el decorador y la orquesta, junto a la invitación a la boda que no fue.

La muerte de Claire, y la de las otras casi tres mil vidas que se apagaron ese mismo día, sumieron a toda la familia en un luto individual y colectivo del que Beatriz no terminaba de salir cuando también Alberto la dejó.

"Cuatro años", piensa ahora extrañando más que nunca a su marido, recordando esos últimos momentos juntos en la heladería, su rostro congelado, su mirada de pánico, ese último suspiro ronco y sus propios gritos de desesperación.

¿En qué momento se quedó tan sola una madre de cuatro hijos, ahora desperdigados por el mundo? ¿Adónde se fueron sus amigas, al principio tan presentes? Poco a poco cada quien retomó su camino, algunos cansados de buscarla, resignados a que no era mucho lo que podían hacer por su terca y otrora alegre madre, por su terca y ahora deprimida amiga.

Ayudándose con su bastón innecesario Beatriz se dirige a la sala en busca del único teléfono en su apartamento. Levanta el

auricular e instintivamente llama a la casa de Elliott sin percatarse de que a esa hora debe estar en el trabajo.

—*Hello?* —le responde la inocente voz de su nieto de cinco
años, un bálsamo para su alma en momentos como éste.

VIII

El calor de verdad llegó y con él la segunda cita de Sofía en el ginecólogo; Anna la acompaña esta vez.

Sus cuerpos reciben con beneplácito el frío aire acondicionado después de caminar casi treinta calles desde el apartamento de Sofía en la calle 86 con Broadway hasta el consultorio del doctor Khan en Central Park South.

Cuatro mujeres con barrigas de distintos tamaños y formas esperan pacientemente en la recepción, una de ellas sola, se percata Sofía, el resto acompañadas por quienes asume que son sus maridos; uno anda distraído leyendo una revista, otro con la mirada pegada a la BlackBerry, el tercero ojeando un folleto sobre un banco de almacenamiento de células madre extraídas del cordón umbilical, "el más prometedor seguro de vida para su bebé ante una creciente variedad de enfermedades".

Sofía se pregunta qué haría Rafael de estar ahí con ella y cierta incomodidad la invade al saberse sola. Pero su madre le lee el rostro y le aprieta la mano, recordándole que no lo está. Ambas se acercan a la secretaria para anunciar su llegada y ésta las saluda francamente contenta de verlas juntas. Anna y Sofía no sólo han sido pacientes del doctor Khan durante más de una década; el médico es además amigo de la familia y siempre lo han llamado por su nombre de pila, Emmanuel.

Anna aprovecha que está ahí y hace cita para su chequeo anual, que ya le toca el mes entrante. Sofía se sienta a esperar su turno y revisa emails en el iPhone. Abre la confirmación de su vuelo a Montreal y se percata de que no le ha preguntado a Emmanuel si puede tomar un avión en su estado.

—Sea como sea tengo que ir —le dice a Anna—. No tendría ninguna excusa que dar en el trabajo.

De sólo imaginarse viajando once horas en tren u ocho en autobús, Sofía siente una acidez ya familiar trepando abruptamente por su esófago y corre al baño para evitar que todos se enteren de lo que ha almorzado.

—Ya que vas al baño… —le dice Verónica, la secretaria, extendiéndole un vasito plástico para muestras de orina, la rutina obligada para toda paciente en cada visita.

Sofía llega a tiempo para devolver lo poco que había ingerido. Es la quinta vez que vomita desde que se enteró de su embarazo pero se consuela pensando que para la semana doce debería estar mucho mejor. O al menos eso fue lo que leyó en Internet.

Orina en el vaso y con un bolígrafo que encuentra junto a las otras muestras sobre la repisa escribe su nombre lo más legible que puede en el recipiente y lo suma a los demás, comparando cantidades y colores en un rápido escaneo.

—Falta menos —se dice lavándose las manos y la boca frente al espejo, que la refleja algo demacrada y evidentemente más delgada.

"Ya habrá tiempo para engordar", piensa enderezándose la falda, que hace apenas unos días no le quedaba tan holgada.

Entre aliviada y agotada, vuelve a la sala de espera y se desploma en un sillón de cuero negro junto a su madre, pero el doctor Khan se asoma de inmediato por una puerta lateral.

Las cuatro mujeres que llegaron antes esperan todas oír su nombre, pero el apuesto médico de 43 años las decepciona.

—Sofía, Anna, pasen.

Tras darle a cada una un beso en la mejilla, las escolta por el pasillo hasta el cuarto número dos, donde las deja un momento. Una enfermera nueva a quien madre e hija no conocen pesa a Sofía y le toma la tensión, apuntando los resultados en su expediente.

—Desvístete de la cintura para abajo y ponte esto con la apertura hacia atrás. El doctor Khan estará contigo en breve —le dice ofreciéndole una sonrisa y una bata de hospital antes de retirarse—. Me llamo Rita, por si me necesitan.

Sofía ya conoce el procedimiento.

Momentos después alguien toca a la puerta.

—¿Se puede?

—Adelante —responde sentada en la camilla con la bata ya puesta y su madre de pie junto a ella.

—Hola, hola. ¿Cómo estamos hoy, aparte de más delgadas? —Emmanuel entra leyendo el expediente que le dejó Rita.

—Todo lo que como me da náuseas —se encoge de hombros Sofía—. Ni siquiera me pasan las vitaminas.

—Son los cambios hormonales. Échale la culpa a la progesterona.

—Sí, ya lo leí en WebMD. También tengo unos dolores de cabeza horribles y un agotamiento tremendo, pero cuando por fin me acuesto me cuesta dormir y entonces me despierto en la mitad de la noche para ir al baño.

—*Welcome to motherhood!* —le responde Emmanuel bromeando—. Bienvenida a la maternidad. Para el dolor de cabeza puedes tomar acetaminofén, o Tylenol.

—También lo leí en WebMD, pero quería confirmarlo contigo por si acaso.

Emmanuel no puede evitar soltar una pequeña carcajada.

—¿Ves cómo ha cambiado la relación médico-paciente? —dice resignado dirigiéndose a Anna, cuyos ojos no pueden ocultar una sonrisa—. ¡Este ha sido mi pan de cada día los últimos años!

Y volviendo a su paciente:

—Para las náuseas come en pequeñas cantidades varias veces al día, nada muy condimentado ni frito. Y no tomes agua con las comidas, pero sí, y mucha, a lo largo del día. Has perdido peso y es normal, pero necesito que empieces a alimentarte y que te hidrates, sobre todo con este tiempo. Te voy a cambiar las vitaminas. Tómatelas siempre con algo en el estómago, preferiblemente después de cenar. Eso te hará sentir mejor.

Sofía asiente a todo lo que dice su médico y trata de registrarlo en la memoria, que también le ha estado fallando un poco en las últimas semanas.

—¿Alguna pregunta que WebMD no pueda responderte?

—De hecho sí —le responde Sofía riendo—. Tengo que estar en Montreal el fin de semana. ¿Puedo ir en avión? Es sólo una hora y media contra once en tren y ocho en autobús y…

—Vamos a ver qué dice el jefe en el eco y te confirmo, pero antes quería recordarte: hoy también te vamos a sacar sangre para hacerte varias pruebas, incluyendo el panel judío askenazí. Como te comenté la última vez, es una prueba que ahora hacemos de manera rutinaria a toda madre judía askenazí si el padre del bebé también lo es, y entiendo que lo es, para descartar una serie de enfermedades genéticas.

—¿Qué tipo de enfermedades genéticas? En mi época no se hacía nada de eso —lo interrumpe Anna algo preocupada.

—Así es, esto no se hacía en tu época. Pero hoy pueden identificarse al comienzo del embarazo enfermedades graves como Tay-Sachs, Canavan, síndrome de Bloom y muchas más. Si la madre es portadora pero el padre no, las probabilidades son bajas.

—¿Y si ambos son portadores? —indaga Anna.

—El pronóstico de vida podría ser muy bajo, dependiendo de la enfermedad, y se le da a los padres la opción de abortar.

Sofía siente que la sangre abandona sus mejillas.

—Sofía, si no eres portadora no tienes de qué preocuparte. Si eres, tendríamos que hacerle la misma prueba al padre.

—Eso lo veo muy difícil.

—Entiendo la situación, pero recuerda que es por la seguridad del bebé y por tu tranquilidad también. Por ahora no ganamos nada anticipándonos a los resultados. Hagamos la prueba, y apenas lleguen del laboratorio te llamo y lo conversamos.

—Tal vez ni siquiera eres portadora —le dice Anna a su hija poniéndole una mano en la rodilla, al tiempo que Emmanuel asiente.

—¡Ahora sí! Vamos a mostrarle ese nieto o nieta a esta abuela que vino especialmente. Acuéstate con la pelvis en este borde de la cama y pon un pie aquí y el otro acá —le señala unos estribos de metal cubiertos de tela blanca que dejan sus piernas completamente abiertas, sus partes más íntimas expuestas bajo la bata.

Emmanuel se pone un par de guantes de látex y toma una intimidante sonda fálica que cubre con un preservativo y corona con lubricante. "Qué distinto sería todo si hubiéramos usado uno de esos ese día", piensa Sofía tensando inevitablemente los músculos de las piernas en respuesta al objeto extraño que acaba de invadirla.

—Relájate Sofía, este es la última ecografía transvaginal. La próxima ya será abdominal.

Una mirada a la pantalla y la turbia imagen instantánea de un diminuto embrión la hace olvidar la incomodidad del aparato, el terror de que su bebé pueda nacer con una enfermedad genética, el miedo a ser madre soltera.

"Tan pequeño y tan poderoso", piensa Sofía con una valentía que desconoce, llevándose las manos instintivamente al vientre.

—Anna, te presento a tu nieto… o nieta, aún no sabemos. Esto que ves aquí es el corazón latiendo, aquí están las piernas, los brazos —Emmanuel señala la borrosa imagen en blanco y negro con una mano, mientras con la otra va moviendo cuidadosamente la sonda dentro de Sofía para incomodarla lo menos posible.

La cara de Anna es un poema.

—La fecha de parto se mantiene igual.

—24 de enero —dice Sofía.

—¿Cuándo sabremos si es niño o niña? —pregunta la abuela curiosa.

—Alrededor de la semana 16, con mayor seguridad en la 20.

—¿Qué tamaño tiene ahorita?

—Un poco más de centímetro y medio.

—Como un frijol —murmura la futura mamá.

—¿WebMD?

—BabyCenter.com.

Emmanuel mira a Sofía con una sonrisa de medio lado y suelta un suspiro con una expresión de "eres irremediable" que enternece a Anna y la lleva a preguntarse por qué su hija no se habrá conseguido uno así. "¿Seguirá saliendo con…?".

—Sí —interrumpe él sus pensamientos, y por un momento Anna cree que tal vez cometió la imprudencia de pensar en voz alta sin querer; en realidad, Emmanuel le está hablando a su hija—: te doy permiso.

—¿Permiso?

—¡Montreal! Puedes viajar en avión a Montreal —declara al tiempo que le retira la sonda y ella lo mira con alegría.

Y Anna agrega en su mente una nueva entrada a su lista: 24 de enero.

IX

—¡Ay Leonardo, si hubieras visto cómo latía ese corazoncito! ¡Creo que nunca había sentido algo así! —le dice Anna a su esposo mostrándole las imágenes que Emmanuel le obsequió unas horas antes como souvenir —La próxima vez tienes que ir tú también. De verdad que es increíble. ¡Estas fotos no le hacen justicia a ese bebé!

—Bueno, bueno, trataré —Leonardo la recibe en casa con un breve beso en los labios y una rosa roja escondida a sus espaldas—. Sé que no estaba en tu lista pero… ¡feliz aniversario!

—¡Pero qué cabeza la mía! ¡Feliz aniversario, amor! —le dice ella rodeándole el cuello con los brazos y plantándole un camino de besos desde el hombro hasta la oreja—. Discúlpame, no sé cómo pudo habérseme pasado.

—Completamente comprensible y perdonable este año —le dice él devolviéndole el abrazo—. ¿Cómo te fue con Sofía?

Por encima del hombro de Leonardo, Anna divisa una pequeña maleta hecha y se distrae. Se acuerda de que el último proyecto en el que su marido está embarcado como consultor de tecnología está a 30 minutos, en Connecticut, y ni siquiera tiene que ir todos los días.

—¿Y eso? ¿Vas para algún lado?

—No voy. Vamos —declara él con tono juguetón.

—¡Vamos…! ¿Y para dónde vamos? —los ojos de Anna se iluminan.

—Es una sorpresa. Ven —le dice tomándola de la mano y la encamina hacia las escaleras que llevan a su cuarto—. Termina de llegar, refréscate, comamos algo y nos vamos.

—¿Pero para dón…?

—¡Shhh! Ya te dije. Es sorpresa —Leonardo acerca el índice derecho a la boca de su esposa para evitar que termine la frase.

"Una sorpresa". La última vez que Leonardo la llevó a un sitio de sorpresa fue el 26 de septiembre de 1996. Así como llegó vestida del supermercado, así se la llevó a acampar a los Catskills para ver un eclipse de luna total, el último perfectamente visible hasta el 2000. Sin repelente para insectos, y olvidadas las almohadas, ambos terminaron cubiertos de picaduras de mosquito y con una tortícolis de tres días que todavía se ventilaba como chiste familiar cada vez que alguno se preparaba para un viaje.

Anna no puede evitar sonreír recordando lo bien que lo pasaron de todos modos, ella y su eterno romántico embutidos en un solo saco de dormir dentro de la carpa, en una fresca y estrellada noche de principios de otoño.

—Sólo una pregunta. ¿Puedo ir así o me cambio?

—Así estás perfecta. Vamos, que no tenemos mucho tiempo.

—¿Seguro? —insiste ella sonriente en tono de "por si no te acuerdas", con la ceja izquierda ligeramente más levantada que la derecha.

—No vamos de camping... si es lo que te preocupa. Y no se diga más.

Anna obedece y entra al baño de su cuarto para refrescarse. Se retoca el rímel y el lápiz labial y le da unas cuantas cepilladas a su pelo castaño, que le cae de manera juvenil sobre los hombros. El vestido de seda azul marino hasta la rodilla y el delgado cinturón turquesa acentúan su figura y la hacen lucir más joven. Unas sandalias del mismo color revelan una pedicura reciente.

Anna baja a la cocina, donde Leonardo la espera con un par de copas de Sauvignon Blanc helado y sendos platos con su especialidad: raviolis de champiñones en salsa blanca.

—¡Salud! —la recibe tendiéndole una copa—. Por que el año que viene todavía podamos celebrar juntos.

—Por el año que viene —repite ella tratando de sonar convincente, decidida a no empañar ese hermoso día con pensamientos sobre la muerte.

Anna saborea el delicioso vino blanco que ha escogido su marido y mientras empiezan a comer le cuenta lo bien que lo pasó en la ciudad con Sofía, el calor que hizo por la tarde, la cita con Emmanuel y las nuevas tecnologías. Menciona al pasar la prueba del gen judío y agradece que sus dos hijos hayan nacido normales, que los haya visto convertirse en adultos y formar sus familias.

—Bueno, casi —se corrige—. Todavía me gustaría ver a Sofía felizmente casada.

Leonardo responde con un triste gesto de resignación y

Anna intenta reanimarlo, pues no pierde la esperanza de llegar a ver a su hija establecida.

—¿Sabes qué sé me ocurrió en el consultorio? Que Emmanuel sería un buen partido para Sofía.

—Buen tipo, sin duda, pero mujeriego e inestable como él solo. ¿Cuántas novias le hemos conocido y no termina de casarse?

—Precisamente.

—Precisamente... —repite Leonardo con menos entusiasmo y un tono ligeramente irónico, anticipando lo que su esposa está a punto de decirle.

—¡Es la versión masculina de Sofía! —exclama ella con humor, e inclina la cabeza hacia un lado y abre las palmas hacia arriba como diciéndole: "¡Es obvio!".

A Leonardo no parece causarle mucha gracia.

—Le lleva once años...

—Hace diez quizás era mucho, pero con el tiempo esas brechas se hacen más pequeñas. De hecho hoy me pareció ver cierta conexión entre ellos.

—Anna, vamos a hacer un trato y espero que no lo tomes a mal. Si quieres decirme algo más de Sofía y sus problemas, aprovecha ahora durante la cena. Una vez que nos montemos en el carro ninguno de los dos la puede mencionar. Hasta mañana. ¿Okey? Hazme ese favor.

—O-key... —dice Anna un poco confundida.

—Esta noche estamos de aniversario. Y por si es el último, aunque confío en que no será, pero sólo por si acaso, te propongo que seamos novios otra vez. Sólo tú y yo. Más nada ni nadie más.

Anna y Leonardo terminan la cena en un tono más alegre y dejan los platos remojando en el fregadero, listos para emprender su viaje.

—Esto va a ser divertido —anticipa Anna subiéndose a su Prius gris cobalto.

Hay poco tráfico y antes de lo que se imaginan están montados en la autopista I-495 en dirección este, hacia Long Island. Anna no sabe exactamente a dónde van, pero sospecha que a una playa.

—Ay, señor Katz, usted está tratando de seducirme. —dice citando una de las frases más célebres de *El graduado*, la película favorita de Leonardo.

—¿Quieres que te seduzca? —cita él a la señora Robinson con una sonrisa pícara a labios cerrados—. ¿Eso es lo que quieres decirme?

Es un juego que ya han jugado en el pasado.

Leonardo enciende la radio y ambos se miran con la boca abierta al escuchar que está empezando su canción.

—¡No puedo creer la casualidad! —exclama Anna emocionada como una adolescente en su baile de fin de curso, y la voz de un joven Paul McCartney comienza a cantar sobre el amor a los 64.

—Cuando esté viejo, y me quede sin pelo, dentro de muchos años…

Anna recuerda la primera vez que Leonardo se la cantó. Efectivamente, ya no era el joven de hacía cuatro décadas —tenía entradas en el pelo y unos 10 kilos más que entonces— pero seguía gustándole tanto y mucho más que el propio Paul McCartney.

—¿Seguirás necesitándome, seguirás alimentándome cuando tenga 64? —cantan ambos a todo pulmón.

—Señor Katz, no sé a dónde me está llevando, pero el camino promete.

Leonardo toma la mano de Anna y se la lleva a los labios, plantándole un beso tierno en la muñeca.

Mientras escuchan otras canciones de los Beatles como parte de un especial por el 70º cumpleaños de Ringo Starr, la música los transporta a su juventud y traen de vuelta recuerdos y risas e historias con las que matan las dos horas y media de camino en el auto.

Leonardo finalmente estaciona y Anna baja la ventana ante una hermosa casita con vista al mar en una playa privada de East Hampton. Ni siquiera puede recordar la última vez que salieron de paseo a la exclusiva península de Nueva York, desde hace décadas refugio de ricos y famosos durante el verano.

Leonardo baja del auto y le abre la puerta a su esposa, que toma su mano para ayudarse a bajar. Como en sus mejores tiempos, rodea la cintura de Anna con el antebrazo derecho, sujetándole aún la otra mano, y la hace dar un giro a lo Gene Kelly, que termina con la clásica pose diagonal y su torso inclinado sobre ella.

—Bienvenida a tu hogar por una noche —dice entregándole la llave de la casa, un acogedor chalet de madera con grandes ventanas y chimenea.

Anna toma la llave y abre la puerta, enciende las luces del vestíbulo y entra seguida de Leonardo.

Es una casa inmaculada, con cómodos sofás que resultan extremadamente sugerentes, al menos para Anna y Leonardo en ese preciso momento.

—Me la prestó por una noche un colega en la oficina. Mañana vienen a limpiarla, así que no tienes que preocuparte por nada.

Tras dejar la maleta en la alcoba principal, que tiene una

puerta corrediza que da a la playa, Leonardo toma a su mujer entre los brazos y la mira a los ojos.

—Eres la misma niña de la que me enamoré hace cuarenta años.

Leonardo se agacha y le quita las sandalias, se quita los zapatos y las medias y la lleva de la mano caminando. Están completamente solos. Tres faros y una luna gibosa creciente les proporcionan algo de luz.

Como Burt Lancaster con Deborah Kerr en *De aquí a la eternidad*, Leonardo abraza de pronto a Anna y le tiende una graciosa zancadilla para que caiga a la orilla del mar, haciéndola soltar una carcajada.

—Nada mal para tus 68.

—Aún no has visto nada —bromea él y la besa en los labios, emulando al astro de la edad dorada de Hollywood.

—Nunca me imagine que pudiera ser así... ¡Nadie me ha besado como tú! —juega Anna citando esta vez a Karen Holmes, o Deborah Kerr, en el clásico de 1953.

—¿Nadie?

—No. Nadie.

Leonardo vuelve a besarla y juntos ruedan sobre la arena empapándose, cuando una ola rompe contra ellos y los invita a protagonizar otra película.

Sin pensar, se despojan de sus ropas como si no hubiera mañana y se sumergen en las frías aguas del Atlántico sintiéndose Christopher Atkins y Brooke Shields en *La laguna azul*. Y por primera vez en sus vida, ya sexagenarios, hacen el amor en el mar, bajo la luz de la luna.

X

—*Bonjour mademoiselle!*

—*Bonjour monsieur. Je… Hmm… Parlez-vous anglais?*

Sofía había pensado que con un poco de suerte el recepcionista hablaría inglés.

—*Non… Parlez-vous français?*

Ella un poco de francés solía hablar, pero hace mucho. Le pregunta si él habla español.

—*Non* —se disculpa él—. *Comment puis-je vous aidé?*

—Hmm… Tengo una… *une réservation*… Aquí en este hotel, *à cet hôtel.*

—*Très bien!* —dice él, y le pregunta su apellido.

—Katz. Sofía Katz.

—*Oui* —confirma, y le hace un gesto de admiración—. *Vous parlez bien le français!*

"¡Sí! ¡En verdad no hablo tan mal!", se reitera Sofía y sonríe orgullosa, aún sin saber cómo recuerda algo del francés que estudió en la secundaria y que creía completamente olvidado.

—*Merci beaucoup* —le agradece contenta al recepcionista

del Hyatt Regency, toma su llave electrónica y se dirige hacia el ascensor.

—¡De nada! —le responde él y cuando ella se voltea boquiabierta se señala una etiqueta en la chaqueta: "Carlos García". Y agrega guiñando un ojo—: Para servirle.

Sofía viajó a Montreal para entrevistar a algunos músicos latinos en el Festival de Jazz de la ciudad, al que unas dos millones de personas acuden cada año para dejarse deleitar por los más grandes exponentes del género y los músicos emergentes más prometedores.

Desde que puso un pie en el Aeropuerto Internacional Pierre Elliott Trudeau, conocido en otra época como el aeropuerto de Dorval, logró olvidarse por primera vez de su embarazo y de Rafael, seducida por la frescura del sur de la provincia canadiense de Quebec, que tanto añoraba conocer.

Recordando aún la broma del recepcionista, entra a su habitación y desempaca sin preámbulos sus tres vestidos, dos camisas, una falda y un par de pantalones negros, más de lo necesario para las tres noches que tiene previsto pasar allí.

Revisa su reflejo en el espejo, se recoge el cabello en una cola de caballo, se retoca el brillo labial y hace un par de llamadas con su iPhone: una a su madre para avisarle que llegó bien (salta la contestadora y deja un mensaje) y otra a su oficina para verificar que todo esté en orden. Minutos después está de nuevo con Carlos en la recepción.

—¿Cómo llego a la *Maison du Festival Rio Tinto Alcan?* —le pregunta esta vez en español, imprimiéndole un ligero deje de ironía a su voz.

—Sólo cruce a la izquierda en la Rue Sainte-Catherine Ouest y siga derecho hasta que vea el bistró Le Balmoral. Es en el mismo edificio —le dice él en tono amigable—. Está a dos minutos, literalmente.

Sofía sale del Hyatt y de inmediato ve en la esquina el cruce entre la Rue Jeanne-Mance, donde se encuentra, y la Sainte-Catherine Ouest. Cientos de rostros extraños caminan a su alrededor, maravillados como ella por los distintos ritmos e instrumentos que se mezclan a cada tantos pasos. Locales, turistas, músicos, camarógrafos y periodistas atestan las calles para disfrutar e informar sobre uno de los festivales más importantes del mundo en una de las ciudades más bellas del continente. Son las once de la mañana y no podría ser un día más hermoso.

En el segundo piso de la Maison du Festival Sofía se presenta en la sala de prensa para recoger su credencial. Más que una simple oficina encuentra un paraíso periodístico donde convergen reporteros de todas partes para enviar sus historias al mundo y compartir datos, tarjetas de presentación y cafés con colegas y amigos. Es un ambiente alegre, sólo comparable, en su experiencia, con el del Palais des Festivals de Cannes, pero más agradable a sus oídos.

Sofía da una vuelta de reconocimiento y a unos metros divisa un rostro familiar que no termina de ubicar. Es una chica de unos veinticinco años, con facciones finas, estatura media, menuda y natural. "MUY natural", piensa al notar que no lleva una gota de maquillaje, y tampoco sostén.

Sofía la mira disimuladamente tratando de recordar quién es y de dónde la conoce, y mientras hojea rápidamente la libreta de contactos de su mente encuentra los ojos de ella clavados en los suyos y la ve acercarse efusivamente, dejando atrás a su interlocutor.

"Ay, no, no, todavía no".

—¡Sofía! ¡Pero qué mundo tan pequeño! —la saluda con indudable acento madrileño.

—Hola... —Sofía hace un infructuoso esfuerzo final por recordarla mientras recibe algo incómoda un beso en cada mejilla.

—¿Acabas de llegar?

—Sssí...

—¿Te estás quedando en el Hyatt, supongo?

—Hmm... Sssí...

"¿De dónde te conozco y por qué tantas preguntas?", quiere decir, pero la voz no le sale, y la mujer tampoco le da oportunidad de hablar.

—¡Yo también! Ahora ando de salida, pero esta noche vamos a estar en el Club Soda a las siete. ¡Si no tienes planes ven con nosotros! Estoy segura que todos se alegrarán de verte.

"¿Todos?", se pregunta Sofía mientras la conocida desconocida vuelve a besarla dos veces y sale rápidamente de la sala. "¿De dónde te conozco? ¿De dónde te conozco?".

Sofía revisa el programa de actividades del festival y busca Club Soda, 7:00 pm. "Bien. Alex Cuba. Puedo tratar de entrevistarlo y escribir una reseña".

A las 8:00 pm pensaba ir a ver tocar a David Sánchez, pero con él tiene una entrevista programada para las 3:00 y la curiosidad le ha ganado a su compromiso de trabajo. "Estoy segura que todos se alegrarán de verte", resuenan las palabras de Miss Au Naturel en su cabeza. "Todos. ¿Quiénes son todos?". No habrá más remedio que ir a averiguar.

Como tiene tiempo suficiente para un paseo, Sofía recorre

algunas calles adoquinadas que le recuerdan por momentos al bajo Manhattan y suspira de placer al verse en la Rue de la Commune, donde las viejas fachadas de los antiguos depósitos y fábricas albergan casi intactas modernos hoteles, tiendas y restaurantes con vista al río San Lorenzo.

Cansada y hambrienta, mira el reloj de su celular, y al percatarse de la hora entra en la próxima cafetería y pide un sándwich vegetariano para llevar. "Treinta minutos". Con que salga en treinta minutos al Théâtre Jean-Duceppe llegará a tiempo a su entrevista.

Sofía se sienta en un banco al otro lado de la calle del Musée d'archéologie et d'histoire, le pega el primer mordisco a su sándwich y comienza a estudiar cada rostro que va viendo pasar. Tres amigas se turnan para fotografiarse mientras ríen sin parar. Un joven camina abrazando a su novia y hace travesuras con la mano en el bolsillo trasero de su pantalón. Una mujer empuja un coche con dos niños pequeños que se hacen caras cómicas y a Sofía la hacen sonreír.

Su expresión cambia de pronto cuando a lo lejos, sumergido en el mar de gente, le parece ver a... "No... ¿¡Rafael!?".

Sofía salta abruptamente de su asiento en un intento por perseguir esa sombra que se le pierde entre la gente y respira hondo para apaciguar la acidez que amenaza con quemarle de nuevo el esófago. "Imposible", susurra, moviendo apenas los labios. "Debo estar alucinando, debo estar alucinando". Comienza a contar hasta diez relajando los músculos de la frente y se obliga a concentrarse en el paisaje, en su primer día de cobertura del festival, en el latin jazz que el viento le trae desde unas calles más allá, en su almuerzo, que se le cayó al piso al brincar y que ahora a la basura irá a parar.

Convencida de que es una jugarreta de su mente, regresa a La Crème de la Crème por un *café au lait* sin cafeína y se dirige a su entrevista con energías renovadas.

"Tras percance en el aeropuerto, saxofonista puertorriqueño David Sánchez trae a Montreal su *Cultural Survival*", inunda su historia la red dos horas y media más tarde.

Sofía busca en Google el sitio oficial de Alex Cuba y se lee la biografía del cantante cubano-canadiense antes de bañarse y arreglarse para salir a encontrarse con "todos".

Con un vestido negro sin tirantes que envuelve impecablemente sus bien proporcionadas curvas —cortesía de unas hormonas rampantes que han reducido sus caderas pero le han aumentado una talla completa el busto— luce más atractiva que nunca. Los grandes aretes turquesa y el largo cabello suelto complementan su figura.

—Señorita Katz —la saluda Carlos García, el recepcionista, haciéndole una señal con la mano para que se acerque—. Por aquí pasó alguien preguntando por usted y le dejó esto.

Sofía recibe un sobre con su nombre en la parte posterior. Lo abre y saca un volante anunciando el concierto de Alex Cuba en el Club Soda. "Miss Au Naturel", piensa guardando el panfleto en su cartera al tiempo que se despide de Carlos con la cabeza y desaparece por las puertas giratorias.

Son las 7:15 pm cuando logra llegar al Club Soda en la esquina cercana de Saint-Laurent y Sainte-Catherine, con unos minutos de retraso por la muchedumbre aglomerada en los alrededores del hotel para ver el esperado acto inaugural del festival: Lionel Richie y Cassandra Wilson en la Place des Arts.

Abre la puerta del local y muestra su credencial, y cuando

levanta la mirada allí están, Miss Au Naturel y sus amigos, "todos" con rostros conocidos, "todos" alumnos de Rafael. Y ahí, mirándola intensamente desde la barra, con un *dirty martini* en una mano y otro a su lado esperándola a ella, está él.

XI

Las piernas se le volvieron gelatina y el nudo en la garganta evitó que el corazón se le saliera por la boca, pero Sofía logró hacerse la que no vio a su ex amante, se abrió paso entre la gente y llegó al baño directo a vomitar.

—*Tout va bien?* —le pregunta una joven de salida.

—*Oui. Tout va bien* —responde Sofía pálida frente al lavamanos, y evade el reflejo de la chica en el espejo mientras intenta reponerse.

Una vez sola, le pasa el seguro a la puerta y llama a su mamá.

"Por favor contesta, por favor contesta", se dice, hasta que una serie de tonos largos terminan llevándola al buzón de voz. "Hola, es Anna. Por favor deja tu mensaje y te devolveré la llamada lo antes posible".

—Mami, soy yo. Te estoy llamando desde un bar en Montreal. Necesito hablar contigo. ¡Rafael está aquí y no sé qué hacer! No sé qué hace aquí pero está con todos sus alumnos. Apenas lo vi me encerré en el baño y no quiero salir. ¡Él ya me vio a mí! Si escuchas esto por fa…

Piiip, se corta la llamada. La recepción es pésima además.

Sofía mira su iPhone por unos segundos y lo tira frustrada dentro de su cartera. "¿Dónde estás mamá cuando más te necesito?".

Con las manos apoyadas sobre el lavamanos, inclina su cuerpo hacia adelante y ve unos ojos desprovistos del coraje que la acompaña en todos los escenarios, menos en el de Rafael. Sabe muy bien que si permite que sus miradas se encuentren, que sus pieles lleguen a tener el más ligero contacto, inevitablemente invitará a una nueva palabra, una nueva caricia, la perdición. El efecto con Rafael siempre es dominó.

Afuera el bullicio da paso a una ola de aplausos y silbidos que se apagan con los primeros acordes de *Sólo tú*. El concierto acaba de empezar.

Paralizada ante el espejo, Sofía ignora los llamados a la puerta de un par de mujeres en francés.

—¡Hey! ¡Este es un baño público!

—¿Te estás dando un baño de espuma o qué?

O algo así logra entender.

Pero de pronto escucha su nombre en la voz de Miss Au Naturel preguntándole preocupada si se encuentra bien, y piensa que quizás ella la pueda entender.

Sofía quita el seguro despacio para dejarla pasar y de inmediato se arrepiente al verla entrar así, de ipso facto, seguida de Rafael.

—Hola Sofía —le dice él con la cautela propia de un cazador acercándose a su presa herida, ella muda y congelada, sin poder siquiera pestañear—. ¿Recuerdas a Laura? Es la relacionista pública que te comenté que contrataría hace unos meses. Creo que se conocieron alguna vez.

La imagen de Laura finalmente llega a la cabeza de Sofía

con absoluta claridad. La única vez que la vio fue en la cafetería de NYU un día que fue a visitar a Rafael. Tenía el cabello más largo y llevaba sostén.

"No te reconocí", murmura, la frase inaudible para los demás.

—Bueno, me alegra que estés bien. Os dejo que habléis —dice Laura antes de salir cerrando la puerta tras ella, espantando al par de mujeres que aún esperaban para entrar.

Inoportunamente Alex Cuba comienza a cantarle a una chica de ojos verdes que sólo ella merece su amor, que nunca sintió latir tan fuerte un corazón. Rafael aprovecha para acercarse a la Sofía más vulnerable que jamás vio, a sabiendas de que puede desarmarla con su mirada intensa, con su porte, con su voz.

Aún paralizada, Sofía se deja rodear por esos brazos que una vez la amaron, por ese hombre que no tiene idea del secreto que esconde en lo más profundo de su ser.

—Te he extrañado —le susurra él al oído y apoya una mano en la parte posterior de su cabeza, enredando los dedos suavemente en sus cabellos.

Sofía está a punto de explotar. Quiere contárselo todo con la loca idea de que quizás deje a su esposa y regrese con ella. Quiere pensar que no está ahí por casualidad, que fue a buscarla arrepentido y que, como en la canción de Alex Cuba, ella es su única alegría de vivir.

De pronto el labio inferior empieza a temblarle sin control y, para no echarse a llorar, hunde la cabeza en la chaqueta de Rafael. Pero su olor, ese aroma a sólo él que tan bien recordaba, detona la cascada tras sus ojos, y se abraza aún más fuerte a su pecho.

—Shhh… Shhh… Estoy aquí, estoy aquí —la consuela él acariciándole la espalda—. Ya, ya…

Sofía todavía no logra pronunciar palabra. Está tan abrumada que aún no sale de la burbuja. Mira a Rafael incrédula y sus labios están tan cerca que puede saborear su boca. Siente sus caricias en la espalda y se rinde ante el hechizo, olvidando dónde está y para qué, por qué él la dejó y con qué.

Inconscientemente cierra los ojos para dar mayor intensidad a sus otros cuatro sentidos y pronto siente la nariz de él besando su nariz.

—Cómo extrañaba eso —confiesa susurrando, y Rafael invade con la lengua su boca, que está hecha agua desde que lo vio sentado con su trago en la barra al llegar.

—¿Qué haces aquí? —le pregunta finalmente mientras él le besa la oreja, dejando escapar un suspiro delator.

—Te vine a buscar —le endulza él la misma oreja, satisfaciendo una fantasía que empezó secretamente con la compra de su boleto aéreo y se exacerbó en la Rue de la Commune, cuando le pareció verlo entre la multitud.

—Tengo que escribir una reseña —intenta luchar ella contra todo un imposible.

—Mañana la escribirás. Ahora vámonos de acá.

Sofía se queda paralizada un momento pero no logra resistirse, su piel gime estremecida, su vientre grita de deseo. Sin decir ni sí ni no acepta indecisa la mano de él, quien la guía astutamente entre una muchedumbre completamente sumida en el recital.

—Alex es amigo mío. Mañana lo podrás entrevistar —le dice Rafael con esa misma sonrisa con la que hace unos meses la conquistó.

Y sin darse cuenta en qué momento, ambos están frente a frente en otro cuarto de su mismo hotel.

Rafael acorrala a Sofía contra una pared y sus diestros dedos le suben la falda, erizándole toda la piel.

—Qué bella eres Sofía. Te he estado soñando así desde la última vez —y le levanta los brazos para terminar de quitarle el vestido, que de inmediato deja caer.

Convulsionada, Sofía redescubre la piel de Rafael en medio de una lluvia de besos tibios y la estimulante asincronía de sus respiraciones irregulares, cada vez más breves y superficiales.

Rafael posa una mano sobre el pecho de Sofía, le coge la mano y la lleva hasta su pecho.

—Hace mucho que no latía así —le dice hablando en singular de sus dos corazones y se enreda de nuevo en su lengua y la lleva a la cama con la sensualidad de un tango, y ella cae sobre él.

Sin dejar de mirarla a los ojos ni un momento, da media vuelta con ella, la somete al peso de su cuerpo e invade el territorio prohibido que había dejado desolado, arrancándole un profundo gemido de placer.

Cuánto tiempo ha pasado y sin embargo Sofía siente que fue ayer. Cuántos cambios en su cuerpo, pero ahora no se atrevería a interrumpir este momento para decirle que tendrá un hijo suyo.

Acelerando de a poco el ritmo Rafael lleva a Sofía a remontar el dulce umbral hacia la cima y ambos explotan intensamente y al unísono unos segundos después.

—¿Estás bien? —le pregunta él al verla temblar hipersensible ante el más ligero contacto, con los ojos vidriosos y entrecerrados.

—Estoy bien —le dice ella desde una nube, y obtiene en respuesta una tierna caricia en la mejilla.

Tendido junto a su amante, Rafael admira su belleza de arriba abajo, deteniéndose en sus labios, en sus pechos, su *derrière*. Su expresión cambia de pronto cuando llega hasta las piernas y Sofía percibe de inmediato que algo no anda bien.

—¿Esperabas la regla? —le pregunta extrañado.

Un fino camino de sangre tiñe la cara interna de sus muslos y Sofía despierta de su ensueño con un cruel escalofrío.

—No —musita temblando, pero ahora de terror—. Llévame a un hospital. No puedo perder a mi bebé.

XII

Anna despierta abrazada al cálido cuerpo de Leonardo, desubicada por un momento al no reconocerse entre sus sábanas. El olor a salitre en la piel y la arena en los pies, entre los dedos, le recuerdan que no está en casa; está en East Hampton.

Un reloj en la pared está a punto de marcar las 10:30 y Anna se pregunta si no estará adelantado. Nunca, desde que tuvo a sus hijos, había dormido hasta tan tarde, sin importar a qué hora se hubiera acostado. Leonardo en cambio podía dormir feliz hasta el mediodía, pero para ser justos solía acostarse mucho más tarde que ella.

Con los labios cerrados en una sonrisa, Anna respira profundo y se abraza más fuerte a su marido, que responde instintivamente cogiéndole el brazo con la mano. ¿Quién iba a pensar que hacer el amor a su edad podría ser tan excitante? ¿Quién iba a apostar que a los sesenta, ya siendo abuelos, harían lo que no hicieron a los veinte, ella y su eterno enamorado?

Deja escapar una pequeña carcajada al recordar la odisea

que fue salir del agua cuando apareció un auto con un grupo de jóvenes ruidosos que dejaron a dos chicas en la casa de al lado. Por un momento le pareció que los habían divisado, pero en realidad estaba demasiado oscuro y ellos demasiado lejos, y las luces del auto pronto se alejaron.

"A la cuenta de tres salimos corriendo", le dijo entre risas Leonardo tras trazar un pequeño plan para recoger las ropas esparcidas por la arena, esconderse tras unos matorrales, vestirse y volver a casa.

No contaban con que sería prácticamente imposible volverse a poner esos trapos mojados. Tampoco con que tendrían que contar hasta tres una vez más y salir a la carrera hasta la casa, cubriéndose las partes íntimas con las manos. Pero la luna estuvo a su favor y ni un alma llegó a verlos, o al menos no que se hubieran percatado.

Cómo rieron después en la cama. Cómo cayeron rendidos en un delicioso y profundo sueño una hora después.

Cuidando de no despertarlo, Anna se despega de Leonardo para verificar la hora y llamar a ver cómo anda su madre, que vive en un apartamento en Hartsdale al cuidado de una enfermera, a pocos minutos de su casa.

Aún desnuda, se envuelve en la bata de seda blanca que Leonardo tuvo la buena idea de empacar y sale en busca de su celular, que encuentra en el fondo de su bolso sobre un sofá de la sala.

—¿Buenos días? —contesta la enfermera.

—Buenos días María. Es Anna. ¿Cómo estás?

—¡Señora Anna! Por aquí estamos muy bien. ¿Cómo está usted? Su mamá llamó hace un rato a saludarla y no la encontró. Justo iba a intentar en el celular.

—Sí, estamos en la playa. Fue una decisión de última hora. Ya en un rato vamos para allá. ¿Cómo amaneció mamá?

—Su mamá está muy bien. Se levantó con energías y ya desayunó. Ahora iba a sacarla a dar una vuelta, que el día está bonito; ayer hizo demasiado calor. Pero aquí se la paso para que hable con ella, que ya me está haciendo una de sus caras… Que esté bien.

—Gracias, María —responde Anna riendo—. Tú también.

—Que ya le estoy haciendo una de mis caras… —se oye a la madre repetir algo ofendida mientras recibe el auricular—. ¡Annita!

—¡Buenos días mamá! ¿Me dice María que van a dar un paseo?

—Sí hijita. ¿Tú dónde estás? ¿Por qué no nos acompañas?

—Ay mami, me encantaría, pero estamos en los Hamptons. Leonardo me trajo anoche de sorpresa por nuestro aniversario.

—¡Ese Leonardo! Feliz aniversario, mi amor. Pásenlo bonito y cuídense del sol.

—Ay mamá, suenas igualita que hace cincuenta años. ¿Qué tal si te recojo por la tarde para que nos acompañes a cenar?

—Me parece bien.

—Okey. Te recojo tipo seis, a menos que nos pille el tráfico. Cualquier cosa te llamo.

—Okey, hija. Hasta más tarde. Besos a mi querido yerno.

—Hasta más tarde, mamá. Besos.

Anna cuelga y se da cuenta de que tiene varias llamadas perdidas y además cinco mensajes. "¿Cinco mensajes?".

Dos son de Elliott, el hijo menor de Beatriz, preocupado porque su madre nuevamente no contesta el teléfono. Anna no se extraña: "Típico de la prima Bea". Dos son de Sofía, uno para avisarle que llegó bien y el otro para decirle que… "¡¿Qué!? ¡Se oye tan mal! Que está en un bar, en el baño… ¿escondida de Rafael? ¿Qué hace Rafael en Montreal?".

La llamada se corta y con tanto ruido Anna ni está segura de si entendió bien o mal. Pero del tono de desesperación de su hija no cabe duda, y mientras selecciona la opción para volver a escuchar el mensaje corre alterada a despertar a Leonardo, por si él lo entiende mejor.

—Llámala ya —le dice él—. ¡El hijo de su madre la fue a buscar!

Torpemente Anna le marca a su hija, que responde desde su cuarto de hotel.

—¡Apareciste! ¿Dónde están tú y papá que no contestan el teléfono?

—En los Hamptons, mi vida, discúlpame por favor. ¿Tú dónde estás?

—¿Estás con él? —interrumpe Leonardo desde atrás, y Anna pone el teléfono en manos libres para que ambos puedan escuchar.

—No papá, estoy trabajando, escribiendo una nota que tengo que entregar ya.

—¿Estás bien?

—Estoy bien, mamá. Ahora no puedo hablar. Hablamos más tarde, ¿sí?

—¿Segura que estás bien? No sonabas nada bien en tu mensaje.

—Sí mamá, estoy muy ocupada. Les cuento con calma cuando llegue a casa, ¿okey?

—Ay Sofía, no sabes el susto que nos diste. Por un momento pensé que habías caído otra vez con él. Sólo de pensar que ese hombre pueda volver a hacerte daño… Me alegra saber que estás bien. Te me cuidas mucho, mira que ya no eres sólo tú.

Anna escucha un incómodo silencio al otro lado de la línea pero después de unos segundos Sofía se despide.

—Okey mamá. Y feliz aniversario. No crean que lo olvidé. Los amo.

—Y nosotros a ti más.

—Hasta el lunes, hija.

—Chao, papá.

Anna está a punto de decir algo pero Leonardo la detiene:

—No. Todavía estamos de aniversario. Ya oímos que está bien. Ahora vamos a bañarnos. Te invito al pueblo a almorzar.

Se dan un duchazo, pero aunque el agua está caliente el ambiente ya se enfrió; sus mentes dan vueltas cada una por su lado, los pensamientos silenciosos se reflejan entre sí. Aunque su hija sonaba bastante calmada, el mensaje de la víspera y el hecho de que no estuvieran disponibles cuando los necesitaba los inquietó.

Pero el agua hace maravillas, sobre todo con jabón, y se lleva buena parte de la sensación incómoda, junto con la sal y el sudor. Vestidos y más relajados suben el equipaje de nuevo al Prius y se despiden de la playa que fue cómplice de su amor.

El almuerzo es delicioso en el clásico Silver's, un restaurante tan popular por su menú como por su propietario, el chef Garrett Wellins, que heredó de sus ancestros el negocio fundado en 1923. Ubicado en el corazón de Southampton, entre las finas boutiques, las galerías de arte y los demás restaurantes en Main Street, es una joya culinaria cuyos almuerzos tienen fama de ser algo especial.

La sopa vegetariana estilo toscano con pesto fresco no decepciona el paladar de Anna y Leonardo está más que satisfecho con su hamburguesa al carbón. Mientras revisan sus opciones para el postre y dan los últimos sorbos a las copas de Pinot Noir, Anna recuerda ese último mensaje que no escuchó.

"Anna, es Bea. Estoy mal. Necesito verte. No puedo más con este dolor".

Leonardo no necesita oírlo por sí mismo. Puede leerlo todo en la expresión de su mujer. Paga la cuenta y en un minuto están de nuevo a bordo del Prius.

—Elliott, hola, es Anna… Estamos en camino a su casa… Lo siento, estábamos en la playa. ¿Cuándo fue la última vez que hablaste con ella?… Entiendo… ¿Y qué te dijo tu hijo?… Te llamo apenas sepa algo… Un par de horas, mínimo… Tranquilo.

El camino de regreso a Scarsdale se les hace eterno, sobre todo porque viajan prácticamente en absoluto silencio, Anna con el corazón en la boca; han sido demasiadas emociones en menos de 24 horas.

Ya en la entrada del edificio timbra en el intercomunicador pero Beatriz no contesta. Llama al conserje, que le hace el favor de abrirle la puerta y la acompaña en el ascensor hasta el cuarto piso, con la curiosidad de averiguar qué le pasa a la anciana solitaria del 4B. El corazón de Anna late aún más acelerado, está sudando frío, le tiemblan las manos.

Una nota la espera en la puerta de madera del apartamento y Anna la despega exaltada, arrancando un trozo de barniz con el adhesivo. Baja las escaleras como un rayo sin decirle adiós ni gracias al conserje y se sube al auto, que Leonardo enciende de inmediato, anticipando la próxima dirección.

—Vuela a Manhattan —le suplica mostrándole el papel, donde sólo hay dos palabras escritas a mano en lápiz:

"Zona Cero".

XIII

—Debimos haber tomado el tren. No puedo creer este tráfico.

—No te desesperes, Anna. Deben ser los trabajos en el puente George Washington. Ya casi lo pasamos.

Son las cinco de la tarde del segundo domingo de junio de 2010. El sol se asoma por entre las nubes reflejándose en el río Hudson, donde sólo interrumpen la quietud algunas lanchas que sortean las aguas entre Nueva York y Nueva Jersey.

Leonardo busca la mano de Anna y la siente helada, y encuentra en su rostro una dura expresión casi desconocida para él. "¿A dónde se habrá ido la amante juguetona de anoche?", se lamenta preocupado por la angustia que vive su mujer.

Anna le devuelve la mirada y momentáneamente se distrae con la luz amarillenta que atraviesa el parabrisas y le da a los ojos de Leonardo un tono más bien miel. "¿Qué sería de mí sin su paz, sin su amor eterno?", se pregunta ella en silencio.

—¿Y si no la encontramos Leonardo? ¿Y si llegamos demasiado tarde?

Esta vez el hombre de las respuestas no halla qué decir. En realidad, no sabe qué esperar de Beatriz, tan predecible e impredecible a la vez. Sólo se asegura de mantener su mano sobre la de Anna, quien con la otra juega nerviosa con sus cutículas y no para de rascarse la cara interna del pulgar.

Anna busca una posición más cómoda en su asiento en un infructuoso intento por apaciguar el vacío en la boca de su estómago. Enciende la radio y la apaga prácticamente de inmediato, pero lo piensa de nuevo y sintoniza la emisora local de noticias. Si Beatriz decidió cometer una locura tal vez lo dirán.

"El Desfile Nacional Puertorriqueño terminó sin percances al cabo de más de cuatro horas en las que 90 carrozas recorrieron la Quinta Avenida de Manhattan encabezadas por el rey del evento, Marc Anthony, y su esposa Jennifer López, los grandes protagonistas de este año. Al son de los reggaetoneros Daddy Yankee y Tito El Bambino, el salsero Frankie Negrón y los timbales de Tito Puente Jr., decenas de miles de personas bailaron y ondearon banderas demostrando su orgullo boricua… En total se efectuaron 107 arrestos relacionados con el desfile a lo largo del día, incluidos los de dos pandilleros con navajas que hirieron de gravedad a una mujer que salía de la estación Grand Central, en la 42 con Vanderbilt".

—¡Ay Dios mío! ¿Y si es Beatriz? ¿Y si la mujer herida es Beatriz? —salta Anna afligida.

—Anna, tranquilízate, ¿sabes cuántas mujeres al día salen de Grand Central? No puedes ponerte así.

Anna respira hondo pero no puede evitarlo. El pecho le retumba exaltado, su mente no para de dar vueltas. Mira por la ventana y encuentra en el espejo lateral del auto el reflejo de una mujer al menos cinco años mayor que la que dejó en East Hampton.

"Y mientras las labores de limpieza apenas empezaban en la calle 70, en la 50 todo estaba listo para la 45ª edición anual de los Premios Tony, que se entregan esta noche en el Radio City Music Hall", continúan las noticias. "Los éxitos de la temporada *Memphis* y *Red* se perfilan como los grandes ganadores...".

Leonardo está a punto de apagar la radio, pero Anna lo detiene.

—No, no, no, por favor. Espera que quizás dicen a qué hospital la trasladaron.

Leonardo decide complacerla con una mezcla de duda y compasión, pero la próxima noticia la hace perder los estribos y finalmente Anna se echa a llorar: "En un incidente aislado los bomberos rescataron a una anciana que al parecer contemplaba saltar del puente de Williamsburg".

—¡Anna, por favor! No asumas que es Beatriz. Termina de escuchar.

Y ella intenta reponerse de nuevo y sube el volumen de la radio.

"Era la tercera vez que Loretta Muti, una residente de Little Italy de 78 años, se sentaba al borde del puente para advertirle a su marido que dejara de enviarle rosas y cartas de amor a la joven vecina de abajo, que según él le estaba coqueteando".

Anna estalla en un ataque de risa nerviosa incontrolable, intercalando las carcajadas con oleadas de llanto.

—¡Pobre mujer! —saca un kleenex de la guantera para sonarse la nariz antes de reír de nuevo—. Qué tristeza me da...

—Creo que la última vez que te vi así fue cuando estabas embarazada de Gael —dice Leonardo sin poder contener la risa.

Finalmente el tráfico se aligera y con los semáforos a su favor, Leonardo acelera hasta donde puede en dirección a la

Zona Cero. Pero la sirena de una patrulla lo obliga a aparcar a un costado en la calle 34.

—Lo que faltaba —dice Anna con cierta molestia y gran frustración.

Leonardo le aprieta la mano antes de soltarla y la mira a los ojos.

—Deja que hable yo.

Un agente golpea en la ventana y él la baja hasta la mitad de inmediato. Es un hombre fornido y calvo de tez morena, con un bigote tipo Tom Selleck, ojos pequeños y expresión seria.

—Buenas tardes —pronuncia secamente en inglés con un acento de Brooklyn.

—Buenas tardes, oficial. ¿Algún problema?

—Documentos, por favor.

Leonardo saca la licencia de su billetera y el registro del auto. Por suerte pasó la inspección a tiempo, piensa satisfecho, entregándoselos al agente, que ya echó un vistazo fugaz dentro y asomó la nariz en busca de olores sospechosos, de algún indicio que justifique una detención.

—¿Algún problema, oficial? —insiste Leonardo.

—Estaba viajando a 20 millas por encima del límite legal —responde el agente mientras revisa los documentos—. ¿Han estado bebiendo?

—Nos tomamos una copa de vino, pero de eso hace ya más de tres horas.

—¿Por qué tiene los ojos rojos? —le pregunta a Anna, que evita mirar el bolso entreabierto donde asoma el libro de García Márquez que Dina le regaló, con el cigarrillo de marihuana aún pegado a la página 65.

—Venía llorando —dice ella con un control digno de un Oscar teniendo en cuenta lo nerviosa que está, sobre todo al percatarse de que el libro se halla peligrosamente a la vista.

"Si me revisa la cartera estamos fritos", piensa mirando a Leonardo, quien sigue sus ojos y alcanza a leer "Crónica de...".

—Una prima de mi esposa anda desaparecida desde esta mañana. Dejó un mensaje telefónico raro y en su casa sólo encontramos esta nota pegada —le resume rápidamente al policía, tendiéndole el trozo de papel.

—Estoy muy angustiada, oficial —agrega Anna—. En las noticias dijeron que una mujer fue herida de gravedad al salir de Grand Central. Mi prima venía de Scarsdale. ¿Será que puede ayudarnos a averiguar si es ella y a qué hospital la trasladaron?

El policía se queda pensando unos segundos; a pesar del viento no se le mueve ni un pelo del bigote. Saca la radio de uno de los bolsillos delanteros de su cinturón y la enciende.

—Agente 5171, aquí 3928 ¿me copia?

—Sí 3928, lo copio.

—¿Tiene el nombre de la mujer herida hoy en la 42 con Vanderbilt?

—Negativo.

—¿Sabe a qué hospital la trasladaron?

—Averiguo.

Leonardo y Anna permanecen en silencio, incapaces de cerrar el bolso para no despertar sospechas en Jackson, el policía, según acaban de leer en la placa del uniforme.

Jackson vuelve a asomarse dentro del coche y esta vez clava los ojos en el libro, cuyo título intenta leer con cierto interés.

—Gabriel García Márquez —dice, pillándolos por sorpresa con su acento neoyorquino—. ¿Le gusta ese libro?

—Sí… —responde Anna entrecortada, buscando qué más decir para desviar la mirada del agente—. ¿Usted ha leído a García Márquez?

—*Cien años de soledad*, pero hace cien años… ¿Me permite…?

Anna palidece y Leonardo le da la espalda al agente, contiene la respiración y cierra los ojos anticipando lo peor. Pero la radio los interrumpe con un desagradable estruendo al que el policía responde "te copio", como si el cacofónico sonido tuviera todo el sentido del mundo para él.

—La mujer fue trasladada al Hospital Bellevue —dice el agente 5171.

—Copiado. Gracias —responde Jackson, y devuelve el aparato a su lugar.

En cuanto a Anna y Leonardo…

—Les recomiendo que verifiquen con el hospital si se trata de su pariente y si no que llamen al 911. Yo alertaré a mis compañeros en la Zona Cero. Anoten aquí sus teléfonos y el nombre de la señora.

—Gracias —Anna cierra disimuladamente la cartera mientras Leonardo escribe los números en la hoja amarilla que le entregó el oficial.

—Esta vez los voy a dejar pasar, pero por favor manejen con más cuidado. Ha habido muchos accidentes por aquí últimamente.

—Muchísimas gracias, oficial. Tenga por seguro que iremos con mucho cuidado.

Jackson les desea suerte y camina lentamente hasta la patrulla y Anna y Leonardo sienten que por fin pueden respirar.

—¡Pfff! —exhala Leonardo aliviado —¿Qué haces con *eso* acá?

—Lo siento, amor, ni lo pensé. Sólo quería terminarlo.

—Un libro así hay que leerlo en casa, no sacarlo a pasear.

—Ya me di cuenta, créeme, no volverá a pasar.

Anna llama al Bellevue y confirma que la mujer herida no es la prima Beatriz.

—¿Llamamos al 911?

—Sólo si tiras lo que tienes en la cartera. No me gustaría inaugurar mi expediente policial a estas alturas de la vida.

—No puedo, Leonardo. Me lo dio Dina y es importante para mí, tiene un significado especial.

Leonardo la mira algo exasperado pero en el fondo la comprende. Vigilando esta vez el límite de velocidad, se dirige a la Zona Cero y toma nuevamente la mano de su mujer.

Una primera vuelta de reconocimiento no arroja señales de Beatriz, y mientras Leonardo comienza a buscar dónde estacionarse Anna decide bajar y empezar a buscar a pie.

Alrededor del área en construcción caminan decenas de desconocidos y otros tantos se asoman tras el alambrado que delimita el montón de escombros, vigas, grúas, cisternas, cubas y demás. Es poco lo que en realidad puede verse del futuro monumento a las víctimas del atentado.

"Y pensar que hace nueve años se erigían aquí las torres más altas de Nueva York. Que aquí hace nueve años hubo tanta muerte innecesaria, tanto dolor y destrucción", Anna siente un escalofrío al recordar el episodio que dejó una herida tan profunda en el país y en su familia, especialmente en Beatriz.

Leonardo aparece al otro lado de la calle y juntos se lanzan a interrogar a vendedores ambulantes y transeúntes, turistas y hasta actores inmóviles vestidos como la Estatua de la Libertad, pero nadie tiene respuesta. Nadie, absolutamente nadie, recuerda haber visto pasar a una anciana de cabello blanco con un bastón.

—Es como si se la hubiese tragado la tierra —le dice Anna a Leonardo—. Por favor llama al 911.

Esta vez Leonardo no se opone; pronto empezará a oscurecer y será más difícil buscar. Pero mientras habla con la operadora del servicio de emergencias, Anna se aleja hacia una esquina para ver mejor a una mujer de espaldas que se parece a Beatriz, deambulando algunas calles más allá.

La mujer cruza sin mirar, los autos tratan de esquivarla y le tocan la bocina.

—¡BEATRIZ! ¡BEA! —le grita Anna, pero la mujer no responde.

Anna corre a su encuentro esquivando ella misma el tráfico y Leonardo la sigue con la vista mientras le cuenta a la operadora del 911 los acontecimientos en tiempo real.

Sí, es Beatriz, y está tan lejos de la realidad, tan ensimismada, que parece no saber ni dónde está.

—¡BEA! ¡PRIMA! —grita Anna desesperada al ver a un taxista distraído que habla por teléfono y se acerca a Beatriz sin reducir la velocidad.

El bastón de Beatriz cae y la prima se agacha a recogerlo.

—¡BEATRIIIIIIZ!

El taxista no la ve, sólo siente el fuerte golpe y oye un grito de terror:

—*NOOOOO! PLEASE! HEEEEELP!* ¡AYÚDENMEEE!

XIV

El viaje al hospital fue escalofriante. La camilla salpicada de sangre, la tensión bajándole, su rostro cada vez más pálido, los paramédicos tratando de estabilizarla y por último, su desmayo.

—Abre los ojos. ¡Abre los ojos!

—*Calmez-vous, monsieur, votre femme ira bien…*

—No, yo… ella no es mi esposa.

"Esposa… esposa…".

—¡Sofía!

"Sofía… Sofía… Sofía…".

—¿Me escuchas?

"¿Escuchas… escuchas…?". Las palabras resonaron como un eco en la cueva de su oído.

—Cálmese, señor —insistió el paramédico en francés—. Haremos todo lo posible por salvar a su bebé.

Una borrosa línea de rímel negro bordea un pequeño lago que se va haciendo más profundo en la blanca almohada del Hyatt.

Acostada bajo el peso de tres mantas, con una mano en la

frente y la otra sobre su vientre tibio, Sofía repasa arrepentida los sucesos de la víspera: tanta ilusión, tantas mentiras, un camino de sangre, Rafael.

"¿Qué haces aquí?", se recuerda preguntándole ilusionada en el baño del bar.

"Te vine a buscar… buscar… buscar…"

"¿Segura que estás bien… bien…?"

"Sí, mamá… mamá… mamá…"

Aturdida y debilitada, Sofía aún no puede creer que el mejor día de su vida en mucho tiempo haya convertido en un infierno su estadía en Montreal. Recuerda otra vez el terror en la ambulancia antes de perder el sentido, el olor universal a antiséptico del hospital, el hedor a amoniaco que la trajo de vuelta a la vida y las duras palabras de él.

—¿Por qué me lo ocultaste?

—No quería molestarte.

—¿En serio no pensabas ni informarme?

—No sé, más adelante, supongo.

—Tú sabías que no quería más hijos.

—Fue un accidente, yo tampoco lo esperaba.

—¿Estás segura de que es mío?

La pregunta fue un puñal que hirió la fibra más profunda de su corazón. Sofía miró a Rafael con incredulidad y se tragó todas las palabras que habría querido decir. "Él sabía que era todo para mí. ¿O acaso yo no era la única para él? '¿Estás segura?' ¿¡Segura!? ¿¡Pero qué carajo le picó!?".

Rafael quiso decir algo más al ver el efecto del interrogatorio y el mal momento que había elegido. Pero una enfermera lo interrumpió para llevarse a Sofía a hacerse unos exámenes en el piso de maternidad.

—Disculpe, tenemos que hacerle una ecografía.

—Quiero llamar a mi médico en Nueva York —susurró Sofía en español, dirigiéndose a él.

—Es pasada la medianoche. Ya estás en el hospital.

—Tienes razón.

—Te espero acá.

Sofía se cambió el vestido por una bata de rayas áspera y desteñida y vio a Rafael hacerse más y más pequeño mientras la enfermera la alejaba de él. Desde la silla de ruedas lo vio caminar en círculos con la mirada hacia arriba, separándose el cabello con los dedos y hundiendo en las manos el rostro abatido y demacrado antes de dejarse caer en una silla del pasillo.

"Ya. Lo sabe. Ahora lo único que importa es que tú estés bien", pensó y se llevó las manos instintivamente al abdomen mientras se cerraban las puertas del ascensor. "Por favor, tienes que estar bien, TIENES que estar bien...".

Cuando la enfermera la revisó en la nueva camilla, la hemorragia había parado. Sofía se dejó limpiar con gasas bañadas en agua tibia y oyó al fondo a una mujer dando alaridos, a los que siguió un dulce llanto y risas de emoción.

"Por favor que esté bien, que mi bebé esté bien", se dijo imaginando que en cuestión de meses ella podría estar sintiendo ese feliz dolor.

Una técnica rusa llegó para hacerle la ecografía, otra vez transvaginal, y mientras la vio ponerse los guantes y cubrir la sonda con un preservativo y lubricante retrocedió unos días a su última cita con Emmanuel. Cuánto habría preferido estar en ese momento al cuidado de él.

"Por favor, que mi bebé esté bien, que mi bebé esté bien", se repitió una vez más al sentir el objeto ya familiar entre las piernas, y cerró los ojos con el temor de no ver latir ese dulce corazoncito en la pantalla.

—Abra los ojos. Véalo usted.

"¡Sí!". Ahí estaba todavía. Palpitando a 160 latidos por minuto, iluminándola en el peor momento de su vida, llenándole los ojos con lágrimas de alivio y la boca con palabras de agradecimiento a Dios.

Sofía se aferró con todas sus fuerzas a ese diminuto embrión no más grande que una aceituna. Juró que mientras tuviera vida cuidaría de ese ser que crecía dentro de su ser, de ese montón de células que querían cobrar forma y que ya habían sido motivo de tanta ilusión y preocupación.

—Felicitaciones. Parece que en unos meses va a ser mamá —le dijo la técnica—. La doctora Brown la atenderá en breve.

La enfermera volvió a entrar para tomarle la tensión, que ya estaba en cifras normales, y la doctora Brown entró poco después con una inmaculada bata blanca, el cabello gris corto, el copete perfecto a un lado y una serena mirada azul. "Un ángel hospitalario", sintió Sofía al verla aparecer.

—*Bonsoir. Je m'appelle doctor Brown et je voudrais vous poser quelques questions.*

Al ver que Sofía no respondía, pensó que no hablaba francés y repitió en inglés:

—Buenas noches, soy la doctora Brown. Me gustaría hacerte algunas preguntas.

—Buenas noches, doctora —reaccionó Sofía.

—¿Tuviste relaciones sexuales justo antes de sangrar? —le preguntó con una cálida sonrisa.

Sofía asintió con la cabeza. La avergonzaba de algún modo

hablar de sexo en su estado, sin llevar una lisa alianza de oro en el anular.

—¿Sentiste calambres o algún tipo de dolor en el útero?

—No, ni siquiera fui yo la que notó que estaba sangrando.

—Asusta bastante, pero es muy común. El incremento de flujo de sangre en el cuello uterino y las paredes vaginales hace que los vasos sanguíneos sean más sensibles a la fricción. El bebé estará bien. Sólo tienes que descansar y visitar a tu ginecólogo apenas llegues a Nueva York.

—¿Y el desmayo en la ambulancia?

—Lo más probable es que hayas tenido una bajada de tensión por el pánico que pasaste. También es común marearse o desmayarse en el primer trimestre debido a los cambios hormonales. ¿Supongo que te han hecho análisis de sangre recientemente?

—Sí. La semana pasada.

—¿Te dijeron si estabas anémica?

—No, sólo me dijeron que me llamarían si había algún problema y no lo han hecho.

—¿Estás tomando vitaminas?

—Sí —respondió Sofía, aunque las había olvidado desde su llegada a Montreal.

—¿Te estás alimentando e hidratando lo suficiente?

—Entre las nauseas y el trabajo… Esta tarde vomité después de darle un par de mordiscos a un sándwich y aparte de un café con leche, sin cafeína, claro, no tuve tiempo de tomar nada más.

—Eso no ayuda demasiado. Necesitas alimentarte y tomar mucha agua. Recuerda que para que tu bebé esté bien debes empezar por cuidarte tú.

Sofía puso atención a todo lo que dijo la doctora Brown y se tachó de idiota mil veces mentalmente. "Mañana empezamos de nuevo", pensó, decidida a cambiar sus hábitos por el bien de su bebé.

—¿Cómo te sientes ahora?

—Mucho mejor.

—Bien. De todos modos tómatelo con calma, nada de correr ni hacer el amor hasta que tu médico te dé el visto bueno en Nueva York. Y recuerda informarle lo antes posible del incidente; quizás él prefiera que te tomes unos días antes de viajar. ¿Cuándo vuelas de regreso?

—Pasado mañana.

—Si no vuelves a sangrar ya tendrías que estar bien. Pero si sientes o ves algo extraño regresa de inmediato al hospital. Mejor prevenir que lamentar.

—¿Quiere decir que me está dando de alta?

—Sí. La enfermera te llevará de vuelta a Urgencias para que recojas tus cosas y firmes los papeles, y entonces podrás marcharte.

—Muchas gracias, doctora Brown. *Merci beaucoup.*

Sofía fue trasladada de nuevo a Urgencias, pero esta vez traía un semblante muy diferente.

Por el mismo pasillo por el que se alejó una hora antes, Rafael la vio llegar y supo de inmediato que seguía embarazada y que aún albergaba alguna esperanza de volver con él.

Sofía lo vio mirándola a los ojos con una expresión que no supo descifrar, y le sonrió con ilusión al verlo levantarse lentamente de su silla. "Viene hacia mí", llegó a pensar por un milisegundo.

Pero aún a varios metros, con la mirada empezando a nublársele, pudo leer un mensaje completamente opuesto en sus labios perfectos.

—Perdóname. No puedo.

Y así de inesperadamente como había reaparecido en su vida, así lo vio partir una vez más.

XV

Un fuerte dolor la sacó de la inconsciencia. Tras pestañear unas tres veces, Beatriz logró enfocar y se reconoció en un cuarto de hospital. La luz atenuada de una lámpara le permitió ver a Elliott dormido en una silla. "¿Qué hacemos aquí? ¿Qué pasó? ¿Por qué tanto dolor?".

Beatriz se mira las manos y frunce el ceño con menos extrañeza que curiosidad. Tiene la derecha envuelta en una venda por la que se asoma una magulladura en los nudillos. En la izquierda, un pulsómetro corona su dedo índice ejerciendo una molesta presión.

Bajo la bata de hospital que no recuerda haberse puesto, se palpa en el pecho varios electrodos cuyos delgados cables brotan como raíces hacia abajo. Las sábanas no le permiten ver dónde acaban.

Un monitor a su izquierda registra su presión arterial, su ritmo cardiaco y el nivel de oxígeno en su sangre. Si cualquiera de estos signos vitales fuera anormal, sonaría una alarma. Nada suena. Beatriz no se altera. Aunque no recuerda ni remotamente que en un ataque de locura se lanzó a la calle desafiando a una decena de autos y a la muerte, piensa que estaría más feliz sabiéndose por fin y de una vez por todas bajo tierra.

Se lleva la mano a la cabeza en respuesta a un dolor punzante y se da cuenta de que también lleva un vendaje alrededor de la frente. Tiene una sonda nasogástrica sujeta a la nariz.

—¿Qué me pasó? —pronuncia sus primeras palabras con la voz ronca y más baja de lo que anticipaba—. Parece que fui a la guerra.

—¡Mamá! ¡Estás despierta! —salta su hijo de la silla—. ¿Sabes quién soy?

—Elliott, hijo, ¿cómo no voy a saber quién eres? —dice Beatriz, estudiando ese rostro querido que hace meses no veía más que en fotografías.

—¡Gracias a Dios! ¿Cómo te sientes?

—Con mucho dolor. ¿Qué me pasó? Siento como si un camión me hubiera pasado por encima.

—Un ta... ¿No te acuerdas? Un taxi te atropelló.

—Un taxi. Hmm... Esta mañana me vine a la ciudad sin saber si iba a regresar y mira, esta vez no me fallaron los instintos.

—Mamá, hoy es jueves. El accidente fue el domingo. Llevas inconsciente los últimos cuatro días. Te lesionaste la mano y te cogieron puntos en la cabeza. El taxi te pegó en la cadera, pero afortunadamente no te la fracturaste; sólo te dejó un hematoma que se ha ido poniendo mejor.

—Con razón me duele absolutamente todo.

—Sí, no es para menos.

—¿Dónde estamos?

—En Manhattan, en el New York Downtown Hospital.

—¿Y tus hermanos?

—Están todos aquí, pero ya se fueron por hoy. Nos hemos estado turnando para pasar la noche contigo. Tengo que llamarlos, ¡y avisarle a la enfermera!

—¡Espera! ¿Qué hora es?

—Las once y media de la noche.

—¿Y Anna?

—Ha estado aquí todos los días. Ella y Leonardo fueron los que te encontraron. De hecho vieron cuando el taxi te atropelló y te acompañaron en la ambulancia. Anna quedó muy afectada. Te habló mucho mientras dormías.

—¿Y qué decía?

—No sé. Nos pedía que saliéramos unos minutos para estar contigo a solas.

—Márcale de inmediato.

Elliott asiente y llama a su prima.

—Anna, hola. ¿Te desperté?

—¿¡Elliott!? ¿Pasó algo?

—No, no. No te asustes. Es decir, sí pasó algo, pero bueno. Mamá se despertó.

—¡Gracias a Dios! ¡Qué buena noticia! ¿Cómo está?, ¿cómo se siente?

—Está consciente, pero muy adolorida. Me reconoció de inmediato y está hablando coherentemente, aunque no recuerda el accidente.

—Elliott, no fue un accidente.

—Ajá.

—Estás con ella y no quieres que te oiga…

—Exacto.

—Pero tarde o temprano habrá que decírselo, Elliott. Tu mamá necesita ayuda urgente.

—Lo sé. Ya hablaremos de eso.

—¿Y querrá hablar conmigo un minuto? Me gustaría al menos saludarla.

—Claro, ella misma me pidió que te llamara. Ni siquiera le hemos avisado al médico de turno. Aquí te la paso. Un abrazo, Anna. Y gracias por todo de nuevo. No sé qué habría sido de mamá si tú y Leonardo no hubieran llegado a tiempo.

Elliott le pasa a Beatriz el teléfono y ella lo coge con la mano izquierda, el dedo del pulsómetro erecto para no apoyarlo en el auricular.

—Anda Elliott, sal a avisar que me desperté, pero dame unos minutos para hablar con tranquilidad. Y tráeme agua por favor, que tengo mucha sed.

Elliott obedece a su madre y sale de la habitación. La oye tan decidida que por nada del mundo se atrevería a llevarle la contraria y mucho menos en esa situación.

—Bea…

La voz temblorosa de Anna se apaga en un gemido que apenas contiene su emoción.

—Anna. Prima. Gracias. Y perdón.

—¿Perdón? —le dice Anna entre lágrimas—. No tienes por qué pedirme perdón. Lo que importa es que estás bien, que despertaste, que estás consciente. Lo demás se va a solucionar. Vas a ver. Sólo es cuestión de conseguirte la ayuda adecuada y…

—Anna, para, por favor.

—Pero Bea…

—No sigas. No lo hice hace nueve años y no planeo empezar ahorita. Entiéndeme, yo necesito este dolor. Yo me merezco este dolor.

—No digas eso. No fue culpa tuya.

—Hace nueve años se me acabó la vida. Yo tendría que estar muerta y no Claire. Y ahora este accidente, este accidente pudo haberme dado la ansiada paz eterna y no entiendo... no entiendo qué pasó.

—Prima querida, ¿de verdad no lo ves? ¿No ves que Dios no termina de llevarte porque aún no es tu momento? Ya habrías muerto si hubiera sido tu día. ¡Te atropelló un taxi y sigues aquí, por Dios! ¡Tienes que seguir adelante! El mismo Elliott lo hizo hace años y mira qué bella familia la que tiene hoy.

Beatriz quiere responder pero le faltan fuerzas para seguir discutiendo. Oye pasos que se acercan y sabe que es su hijo con la enfermera y quizás el médico. No le queda mucho tiempo para conversar.

—Anna, tienes 64 años y ya conoces nuestra historia familiar. Si lo tuyo es vivir por favor cuídate de una posible tragedia... Con mis hijos lejos y desde la muerte de Alberto, tú eres mi única familia y sabes lo mucho que te quiero.

—Y yo a ti, Bea, espero que tú también sepas lo mucho que yo te quiero a ti.

XVI

La receta decía lenguado, pero lo que había fresco era tilapia y Anna decidió preparar con ella el pescado a la *Bonne Femme* de su papá. Era uno de esos tesoros culinarios de su familia que nunca se había atrevido a hacer porque lo asociaba con infartos y bypasses y que sus conversaciones con Beatriz en el hospital le habían hecho recordar.

"Qué carajo", pensó en el supermercado, citando una expresión típica de Leonardo. "Ya tengo 64 años y la ocasión es especial. Tampoco me quiero morir sin saborear una vez más el pescado favorito de mi papá".

A Beatriz la habían dado de alta después de una semana y Anna invitó en su honor a toda la familia para la cena de Shabat. Venían su madre, su hija Sofía, los cuatro hijos de Bea y hasta Lisette, la esposa de Elliott. Había llegado esa mañana para pasar el fin de semana con su suegra, que aunque mal no la trataba no había podido establecer con ella un vínculo siquiera semejante al que llegó a tener con su adorada Claire.

Anna pone a hervir uno por uno los filetes en una humeante

sartén con vino blanco. Junto a las hornillas tiene preparado un kilo de champiñones rebanados, y harina, sal y nuez moscada para una bechamel. Las papas con paprika ya están en el horno y, en la nevera, junto a un queso Brie y un trozo de manchego, diez peras cocidas previamente en agua con canela que servirá con chocolate derretido, galletitas y café.

Una vez meta el pescado en el horno encenderá las velas, como cada viernes. La mesa, con la copa de plata para el vino Manischewitz, dos hermosos panes de *jalá* trenzados y cinco *kipot* para los hombres, espera la llegada de sus comensales.

Ha sido un día largo y Anna pronto estará exhausta, aunque la adrenalina aún no le permite percatarse de ello. Por la mañana salió a correr nueve kilómetros tras una pausa de varias semanas y en su largo recorrido no paró de pensar en su abuela, en su tía y sobre todo en su padre, cuyo aniversario de muerte, el trigésimo primero, estaba a la vuelta de la esquina.

"Annie, acompáñame a la cocina para que veas cómo se prepara un arroz", comenzó a decirle él unos meses antes de que ella se casara con Leonardo y, a regañadientes, sin confesar la pereza que le daba, Anna iba. "Annie, ven para que veas cómo se hace un pollo al horno". "Annie, esta berenjena le gusta mucho a Leonardo, hazla tú esta vez, yo te voy diciendo cómo".

Su padre era el único que le decía Annie y ella lo recordaba todos los días de su vida, especialmente por estas fechas, que años atrás solían deprimirla.

Cuánto se alegra de haberle hecho caso cada vez que hoy se mete en la cocina. Cómo le gustaría darle a probar algunos de sus propios platillos para que se sintiera orgulloso, él y su perenne amor por la comida. Si tan sólo pudiera preguntarle cada vez que tiene alguna duda con alguna de las tantas recetas que le heredó. Por desgracia su madre nunca tenía todas las respuestas, aunque sí una excelente sazón, sobre todo para la cocina judía.

El timbre suena y Leonardo se apresura a abrir. Es la madre de Anna, que pese a sus años y su deteriorada memoria reconoce el aroma familiar que emana de la sartén e inunda toda la casa.

—¡Pescado a la *Bonne Femme*! ¡Qué delicia! —exclama emocionada tan pronto cruza la puerta en compañía de María, la enfermera—. ¡Finalmente te animaste, hija! Lástima que no esté aquí tu padre, estaría orgullosísimo.

—¡Hola mamá! —sale Anna en delantal a recibirla—. Sí, finalmente… Espero que quede la mitad de bueno que el de papá.

—No me cabe duda que así será —le dice Leonardo dándole un discreto beso en la mejilla.

Un par de taxis paran frente a la casa y Beatriz baja con su bastón, por primera vez justificado, seguida de Gabriel, Andrés, Samuel y Elliott, y Lisette. Anna sonríe al verlos a todos juntos, pero su expresión esconde un pesar porque la última vez que su prima vio a sus hijos reunidos fue cuatro años atrás, para el entierro de Alberto. Antes de eso, si mal no recuerda, sólo los tuvo a todos bajo un mismo techo en la *shivá* de Claire, esos siete días de velorio que no se habían acabado nunca.

"Qué terrible", piensa y se escapa a la cocina para tomarse un respiro más que necesario antes de enfrentar de nuevo el cuadro familiar. "Pobre Beatriz", se lamenta mientras reboza en un molde Pyrex los trozos de tilapia en la salsa de hongos con bechamel.

Piensa entonces en Gael, en su nuera Rebeca y en las mellizas Mia y Elle. Al menos los vio a todos recientemente en su fiesta de cumpleaños. Al menos habla con ellos todos los viernes para estar al tanto de sus vidas, aplaudir las nuevas hazañas de sus nietas, escucharlas cantar una canción y desearse unos a otros otro Shabat en paz. "Shabat Shalom".

—¿Crees que puedan venir este año para Rosh Hashaná? —le preguntó esa tarde a su hijo en referencia a la primera cena del Año Nuevo judío, que caería el 8 de septiembre.

—Quizás te demos una sorpresa incluso antes —la ilusionó él—. Es posible que tenga un par de reuniones de trabajo la próxima semana y Rebeca tiene muchas ganas de venir con las niñas.

Aferrándose a esta última idea, Anna mete el pescado al horno, saca los quesos y otros entremeses a la sala y recibe de manos de su marido una copa de Merlot.

—Salud —le dice a Beatriz, y se sienta junto a ella en el sofá de la sala.

—Salud —responde la prima y fuerza una pequeña sonrisa, levantando ligeramente su jugo de naranja natural; hace años que no se atreve a beber alcohol—. Brindo por que en unos meses más podamos celebrar tus 65.

—¡Por tus 65! —le hacen eco Leonardo, los hijos de Bea y la madre de Anna, quien a los 94 empezó a adquirir un inexplicable gusto por la cerveza y no perdona beberse una bien helada cada día.

Anna se ve sentada entre su anciana madre y su prima deprimida y por un momento le gustaría hacer retroceder el tiempo y cambiar el bastón y la silla de ruedas por caminadoras y cochecitos de bebé. Cuánto quisiera tener en frente a sus dos hijos chiquitos armando desorden con la comida, mientras intenta que le abran el hangar de sus boquitas a esos "avioncitos" repletos de papilla que tanto le gustaba verlos comer. Qué lejanos esos momentos que entonces parecían interminables. "¡Cómo se pasaron los años!". Su madre a duras penas oye y cada día se le olvida otra cosa. Su prima, bueno, su prima es su prima.

La puerta se abre y Anna sale corriendo a recibir a Sofía. No la ha visto desde que llegó de Montreal y está ansiosa por abrazarla y tocarle la barriga. Quizás después de todo tenga una nueva oportunidad de volver a pasear un coche y hacer aviones de comida. Quizás, después de todo, ese bebé termine de verdad alargándole la vida, como le ha asegurado su hija.

Con disimulo, Anna mira a Sofía de arriba abajo en busca de un nuevo cambio en su cuerpo, pero la holgada blusa no deja nada en evidencia. Leonardo las mira con una sonrisa cómplice, se acerca y recibe a la niña de sus ojos en un abrazo largo y protector.

—¡Sofía! —exclaman la abuela y los primos—. ¡Cuánto tiempo! ¿Qué hay de nuevo?

"Si supieran…", quiere responderles, pero de su boca sale una frase más comedida.

—Nada nuevo, sigo en la misma agencia de noticias. Mucho trabajo, pero no me quejo, es muy divertido en general.

—Sofía acaba de pasar unos días en Montreal cubriendo el Festival de Jazz —agrega orgullosa su mamá.

—¿Montreal? Hermosa ciudad. Estuve hace años para la boda de un amigo y me encantó —comenta Samuel, que con 41 años es el segundo hijo más joven de Beatriz.

—Sí, hermosa ciudad sin duda —reitera Sofía, aunque con sentimientos encontrados en la mente y el corazón.

Unos minutos después todos pasan a la mesa y Leonardo pronuncia primero la bendición del vino, luego la del pan.

—Entonces, ¿conseguiste con quién dejar a Daniel el fin de semana? —le pregunta Anna a Lisette para sacar conversación.

—Sí —sonríe Lisette—. Está con mis padres gozando de lo lindo. Lo llamé y me mandó decir que estaba muy ocupado, no quiso hablar.

—Así de aburrido estará…

La inocente charla le produce una sensación amarga a Beatriz. Tantas veces Elliott le pidió que pasara con ellos una temporada en casa para que compartiera más tiempo con su nieto y tantas veces le dio una excusa tonta para no ir. Daniel tenía ya cinco años y prácticamente lo conocía por las fotos que le mandaba Lisette y las llamadas bimensuales en la que atestiguaba la dulzura de aquel niño que no habría nacido de no haber fallecido Claire.

Tanto Anna como Lisette se percatan de la tristeza en el rostro de Beatriz, e intercambian miradas. La primera agrega que no sabría qué hacer si su hijo le pidiera que pase unos días a solas con las mellizas para poder salir con Rebeca.

—Una sola vez pasé una noche con ellas pero no sola, Leonardo estaba. Y de todos modos no fue TAN fácil.

Al otro lado de la mesa Leonardo y los hijos de Bea hablan del último partido de los Yanquis de Nueva York, del arresto en Venezuela del dueño de una cadena televisiva de noticias y del levantamiento de unas restricciones en Gaza por parte de Israel. En la frontera entre ambos grupos de la mesa la madre de Anna saborea su pescado con gran placer.

—¿Cómo estás, abuelita? ¿Cómo te has sentido? —le pregunta Sofía, que no la veía desde la fiesta de cumpleaños de su mamá.

—Muy bien, Sofita linda. ¿Tú cómo estás? ¿Por qué no trajiste a tu novio? Tan guapo, él. ¿Ya te ha pedido matrimonio?

La pregunta la deja perpleja un momento y de inmediato se da cuenta de que su senil abuela recuerda arbitrariamente a uno de sus antiguos enamorados y ha borrado de su memoria que esa relación, cualquiera que fuera, terminó.

"Ya quisiera", piensa y de pronto se le ocurre una travesura a sabiendas de que responda lo que responda la abuela probablemente olvidará la conversación unos minutos después. ¿Qué daño le puede hacer?

—Sí, abuelita. ¡Me caso en un mes! —la complace ya cansada de darle siempre malas noticias en materia de amor, no sin antes asegurarse de que el resto de los invitados estén lo suficientemente distraídos—. Pero shhhh… ¡No digas nada todavía! —susurra por si acaso—. Por ahora que sea un secreto entre tú y yo.

—Shhh… Entre tú y yo —asiente la abuela en voz baja, abriendo los ojos con gran ilusión—. Mi nieta querida, hoy me has hecho la mujer más feliz.

Anna se levanta para recoger los platos y Sofía la sigue con una sonrisa de pilla. Lisette va con ellas.

—El que solo se ríe de sus picardías se acuerda… —le dice bromeando su primo Andrés.

Entre las tres recogen la mesa y sirven el postre mientras María va metiendo todo en el lavaplatos y friega a mano los moldes refractarios y la sartén. Treinta minutos después todos se despiden y le dan las gracias a Anna por esa cena tan linda y, de nuevo, por toda la ayuda con Beatriz.

—¿Te quedas a dormir? —le pregunta Anna a Sofía y su hija responde que no. Quedó en desayunar mañana con sus amigas y no quisiera dejarlas plantadas otra vez.

Ya en el baño de su habitación, Anna se mira al espejo y encuentra en sus ojos la esencia de su difunto padre, con cuyo pescado a la *Bonne Femme* le rindió homenaje esa noche.

Exhausta y empijamada sale al encuentro de Leonardo, que ya la espera en la cama viendo las noticias en la televisión.

—Te felicito por la cena. Te quedó todo excelente, como siempre —le dice él.

Tras darle un beso en los labios, Anna se acurruca a su lado y cae en un sueño profundo del que ni un elefante la puede despertar.

De pronto se encuentra en la casa de su abuela en Caracas, como uno de tantos domingos de su vida, viendo a su familia jugar Bingo después de un delicioso almuerzo en la mesa del comedor. Su abuela canta los números que va sacando del bombo y su padre y su tía ríen como niños y gritan "¡Bingo!" cada vez que llenan una línea horizontal o vertical. Es una imagen emblemática de su infancia pero por alguna extraña razón le causa incomodidad.

Anna aguza los sentidos en busca de algo anormal. Un escalofrío la sacude de pies a cabeza al percatarse de la fuente de su irritación: su abuela, su padre y su tía lucen exactamente como cuando los vio por última vez; todos de 64, todos de la misma edad, SU edad.

El juego de Bingo termina y, como de la nada, la abuela hace aparecer un pastel, y Anna pasa abruptamente de espectadora a personaje principal. Con las miradas clavadas en ella, los tres comienzan a cantarle al unísono "Cumpleaños feliz".

Una punzada rara en un seno amenaza con despertarla, pero Anna no quiere perderse el desenlace de esa escena tan enigmática, mucho menos interrumpir el contacto con sus extintos seres queridos.

"...te deseamos a ti", entonan todos sonrientes. "Feliz cumpleaños, querida Anna, cumpleaños feliz".

Sin dejar de mirarla a los ojos, abuela, padre y tía soplan juntos la única vela en el pastel, que en lugar de ser de cumpleaños parece más bien un cirio. "Como de vigilia", piensa Anna, aunque no puede distinguir exactamente el tipo de vela que es.

De repente, la abuela y la tía se llevan cada una la mano derecha al pecho izquierdo con expresión de intenso dolor y Anna despierta con otra punzada en el mismo sitio, y en la misma posición. La imagen de su padre extendiendo los brazos para consolarla tarda en disolverse en su mente.

Angustiada y confundida, sale corriendo al baño, enciende la luz y comienza a desplomarse ante lo que encuentra bajo el brasier, pero Leonardo llega justo a tiempo para evitar que se dé un golpe en la cabeza contra el bidé.

—Me están esperando —le dice ella casi sin voz, pálida entre sus brazos.

XVII

Ninguno de los dos logró pegar un ojo después de haber visto esa masa que brotaba de uno de sus pechos, esos que hasta hace apenas unos días habían sido cómplices de sus pasiones infinitas. Ninguno de los dos pudo entender cómo ni cuándo esa bola amenazante había invadido los mismos senos que alimentaron a sus hijos de pequeños y que hasta hoy, aunque mucho menos firmes, seguían dándole equilibrio a su bien proporcionado cuerpo.

—La maldición del 64 —murmuraba Anna tras haber llorado y gritado inconsolablemente entre los brazos de Leonardo, al que nunca había visto tan lúgubre y tan pálido.

La maldición del 64. Sólo esas cuatro palabras salían de su boca, y él apretaba los labios en una línea recta que encerraba sus temores más grandes, su peor pesadilla potencialmente hecha realidad.

No eran las ocho de la mañana y Anna y Leonardo ya estaban en Manhattan, en el consultorio de Emmanuel, ansiosos al cabo de siete horas de espera interminable desde que lograron ubicarlo y hablar con él.

—No se ve bien, ¿verdad? —le pregunta Anna a su médico y amigo de tantos años mientras éste la examina, con la voz casi inaudible temblando en contra de su voluntad.

—No, Anna, no se ve bien —responde, alarmado por ese tumor de unos seis centímetros de diámetro que no había dado siquiera indicios de existir en la última mamografía, once meses atrás.

—¿Cómo me pudo haber salido semejante pelota de la noche a la mañana? —se lamenta Anna recordando que hace unas semanas comenzó a sentir una fastidiosa comezón que atribuyó primero a un nuevo detergente y luego a un nuevo sostén.

—No lo sé —confiesa Emmanuel—. A veces estas cosas crecen tan sigilosamente que son difíciles de detectar.

Anna respira profundo y cierra los ojos. Su abuela, su padre y su tía la saludan compasivamente con el juego de Bingo aún sobre la mesa del comedor.

"Cáncer", quiere decir, pero la voz no le sale. "Cáncer", se repite aterrada y se siente ultrajada, paralizada.

—¿Qué tenemos que hacer, Emmanuel? ¿Cuándo la pueden operar? Quiero esa bola fuera de su cuerpo. ¡La quiero afuera ya!

—Entiendo, Leonardo, pero primero hay que hacer una serie de exámenes, verificar si se trata de un tumor maligno o no y si lo es ver en qué etapa se encuentra, si se ha diseminado a alguna otra parte de su cuerpo…

—¿Te refieres a si ha hecho metástasis? ¡Si esta bola apareció apenas anoche! —salta el marido aturdido por el golpe, el miedo a perder a Anna, la falta de sueño.

—No lo digo como un hecho, pero deben prepararse para

cualquier eventualidad. El tamaño del tumor y la rapidez con la que creció no son buenos indicadores.

Anna y Leonardo permanecen callados por unos segundos, sus rostros confundidos, tristes, angustiados. Ella balancea inconscientemente el torso de atrás para adelante, de adelante para atrás.

—Lo que quiero decir es que el procedimiento al que se someta a Anna dependerá de una serie de factores; cada caso es particular. La tiene que examinar un especialista.

—Y si es cancerígeno e hizo metástasis, ¿cuánto tiempo me queda?

—No nos adelantemos, Anna, todavía tenemos que…

—¿¡Cuánto!?

—Imposible saberlo. Pueden ser meses, pueden ser años.

—Emmanuel, no puedo dejar a Sofía así, no en este momento de su vida —dice ella con la voz quebrada y los ojos nublados por las lágrimas—. Por lo menos no hasta que pase el parto.

Anna se ahoga en llanto y Leonardo intenta sosegarla con el calor de su mano, que frota de arriba abajo por su espalda en un repetitivo movimiento circular.

—Créeme Anna, haremos todo lo que esté en nuestro poder —le promete Emmanuel, que para atenderla esa mañana postergó una cesárea que tenía programada desde hacía semanas—. Además, tienes que entender que cáncer no es sinónimo de muerte. Los tratamientos han mejorado considerablemente con los años. Hoy hay millones de sobrevivientes, yo mismo he visto superar el cáncer a muchas pacientes mías.

Anna y Leonardo caen de nuevo en el silencio, ella como

ida, aún balanceándose sin poder parar, él analizando las últimas palabras del doctor.

El cariño que sentía por la familia y, quizás aún más, la poderosa imagen de Sofía dando a luz sin un marido a su lado y en ausencia de su madre, habían llevado a Emmanuel a mover contactos e incluso a llamar a una de las mejores oncólogas especializadas en cáncer de mama que conocía en Nueva York: la doctora Silvia Hunt, su ex.

No habían hablado desde hacía un par de años, cuando terminaron en no muy buenos términos porque ella quería formalizar la relación y él, por miedo a perder su independencia, la dejó como a muchas otras que vinieron antes y después. Pero con ella la conexión había sido especial. Silvia fue la única que lo hizo dudar de si había tomado la decisión correcta al dar su irrevocable paso atrás, sobre todo cuando se enteró de que ella conoció a alguien más, se enamoró perdidamente y se casó.

—Eres una gran mujer —le dijo ese sábado a las seis de la mañana cuando, para su sorpresa, no sólo lo atendió amigablemente por teléfono sino que al comprender su preocupación le prometió ver a Anna el lunes a primera hora y dedicarle toda su atención.

—¿Y qué hacemos hasta el lunes? —pregunta Leonardo frustrado—. Ya nos hemos comido todas las uñas…

—Lamentablemente no queda otra que esperar. Y no me refiero sólo a la cita del lunes —les adelantó—. Sé que esto les va a sonar terrible, pero en los próximos días habrá periodos de espera que les van a parecer interminables: primero para un examen y luego para sus resultados, para una cita con un especialista o una aprobación del seguro. Las primeras semanas son muy estresantes.

—¿Cómo le digo esto a mis hijos, a Sofía? —interrumpe Anna afligida, sin haber escuchado ni una sola palabra de lo que Emmanuel acaba de decir—. ¿Cómo decirle a mi prima Beatriz, que ya ha perdido a dos seres queridos y está prácticamente sola? ¡¡Y mi madre!? ¿Cómo le digo esto a mi madre de 94 años sin provocarle un ataque al corazón?

—Yo esperaría a tener más información antes de decirle nada a nadie —dice Leonardo—. Tenemos que ir con cautela, no causar dolor innecesario.

—Sí Anna, no tiene sentido mortificar a tu familia hasta no estar seguros de lo que tienes. Espera a ver qué te dice Silvia el lunes. Y háganse un favor: no se pongan a buscar información por su cuenta en Internet. Como les dije antes, cada caso es diferente. Mejor traten de mantener la mente ocupada en otras cosas y piensen en positivo; el poder de la mente es muy grande. Mientras te sientas bien puedes correr, que sé que es algo que disfrutas. Y no dejes de hacer yoga, incluso unos minutos al día te van a hacer bien.

Anna asiente con la cabeza, pero hace rato que su mente está bloqueada. Desde el cubo de agua helada que le cayó encima en la víspera, sus pensamientos se limitan a la maldición que ha acechado a su familia durante años. A Sofía. A su bebé.

"No lo puedo creer", piensa con la mirada en blanco y todos esos años en los que habló de la posibilidad de morir a los 64 como un chiste familiar la abofetean sin compasión. "No puede ser". Tantas cosas por hacer, tanto amor que dar, sitios por conocer, tantos planes truncados en su lista.

Anna sale con Leonardo del consultorio en Central Park South sin siquiera darse cuenta de cuándo se despidieron de Emmanuel. Una lluvia de verano los sorprende sin paraguas y con el auto estacionado varias calles más allá, entre la Novena Avenida y la Décima, en la calle 56.

—¿Tomamos un taxi? —le pregunta su marido, pero Anna vuelve a cerrar los ojos y levanta la cara al cielo para dejarse mojar por esas gotas que quisiera que le refresquen el alma herida y derritan esa angustia que la asfixia como una montaña de sal monumental.

—Acompáñame a Central Park —responde finalmente—. Necesito caminar.

Ya en el parque, mientras la lluvia los empapa de arriba abajo, Anna hace un esfuerzo y se concentra en el sonido del agua pegando contra el suelo y contra su piel, en el delicioso olor a tierra mojada que le recuerda a su querida Caracas en tiempo de aguaceros, en la mano tibia de Leonardo que aprieta la suya mientras la otra le sostiene la cabeza contra su pecho en un abrazo lleno de amor.

Los ojos de Leonardo, hinchados, tristes y ojerosos, son ventanas que evidencian un profundo sentimiento de pesar; una lástima abismal, hacia ella y hacia él.

Desesperada por sentirse viva, Anna se quita los zapatos y deja que el barro y la hierba jueguen con las plantas de sus pies mientras la lluvia le hace cosquillas en los dedos.

Aún con los ojos cerrados, se deja arrullar por su amado esposo, que le cubre los párpados de besos mientras sus propias lágrimas se mezclan con la lluvia y con la mayor tristeza que lo ha afligido en sus 68 años de vida se pregunta en silencio por qué a su mujer.

XVIII

Es el cuarto pantalón que se mide y ninguno le ha quedado cómodo. Su cintura finalmente ha comenzado a ensancharse, pero nadie diría que está esperando... O al menos eso es lo que ella cree.

"Se ha engordado", murmuran algunos en la oficina sin atreverse a decir más por temor a que los rumores acaben llegando a sus oídos. "¿Viste lo que almorzó? Jamás la había visto comer tanto".

Y es verdad.

Desde el horroroso incidente en Montreal las náuseas han menguado y Sofía le ha hecho honor a su promesa de cuidarse mucho más. Su apetito se ha vuelto voraz, y ya no se le olvidan las vitaminas ni los casi dos litros de agua diarios que según leyó y le han dicho los doctores debe consumir.

Sofía se mira desnuda frente a un espejo de cuerpo entero y se planta de perfil. Con una sonrisa tonta saca la barriga tratando de anticipar cómo se verá en cuestión de semanas, días quizás. No puede evitar hacerlo cada vez que se viste o se desviste últimamente y seguirá haciéndolo durante varios meses más.

Está cerca de cumplir los primeros tres meses de embarazo y ya no tendrá que preocuparse por aparentar.

En absoluto le inquieta el qué dirán; su bebé ha borrado todo vestigio de vergüenza y le ha dado una fuerza inédita para hacer frente a la nueva vida que eligió, a esa decisión que ya no tiene vuelta atrás.

Sofía opta por un vestido negro hasta la rodilla que le disimula perfectamente el busto y la cintura en expansión. Se pone botas de lluvia y coge un pequeño paraguas púrpura que proyecta en sus mejillas un saludable color.

Afuera llueve, pero no a cántaros, y Ouest, el restaurante donde quedó en desayunar con sus amigas, se encuentra en la esquina de Broadway y la 84, a dos calles escasas de donde está.

Abre el paraguas y enseguida lo tiene que cerrar.

—¡Sofía! —reconoce la voz de su querida amiga Claudia, que alza la mano en el tercer reservado de la hilera, y se da cuenta de que Natalia ya está también allí, sonriéndole con esos ojos almendrados y llenos de calor que siempre le alegran el corazón.

Sofía sonríe de oreja a oreja al ver de nuevo a sus dos mejores amigas de la universidad, que al igual que ella son atractivas mujeres latinas, judías y neoyorquinas pero a diferencia de ella están casadas, con dos hijos cada una, y desde hace algunos años se dedican sólo a la familia y el hogar.

La última vez que se vieron fue en una salida con sus esposos a la que ella fue con Rafael. Qué distinta se había sentido de ellas esa vez, qué poco se juntaban últimamente a chismorrear de otras amistades mientras ellas le pedían detalles de su última entrevista con un actor o cantante famoso y Sofía se aburría en secreto escuchando sus problemas con las niñeras:

que si una llegó tardísimo el lunes y no pudieron ir al gimnasio, que si la otra quemó el arroz.

Pero ahora Sofía sentía un interés inusitado por oírlas hablar de estos asuntos. Ahora se preparaba para entrevistarlas como a una actriz de cine sobre el que anticipa que será su mejor papel; cómo tener el primer hijo transformó sus vidas, cómo cambió cada una el primer pañal en el hospital.

Sofía se da besos y abrazos con Claudia y Natalia, acompañados de elogios sinceros y "¿cómo estás?". Ya sentadas en el asiento circular de cuero rojo, se aíslan tras la trinchera del respaldar y sin perder ni un segundo comienza el interrogatorio.

—¿Cómo está Rafael? —indaga Natalia—. Me cayó súper bien aquella noche que salimos. ¿Cómo les va?

—¿Rafael? Hmm… No sé. Hace más de un mes que terminamos. Disculpen que ni les avisé.

—¡Qué pena, Sofía! —dice Claudia—. Parecía un buen partido.

—Volvió con su esposa.

—¿¡Estaba casado!?

—Casado y con hijos —confiesa sin titubear, con un tono casual—. Pero llevaba meses separado cuando comenzamos a salir. Yo me enteré varias semanas después de que no se había divorciado.

—Pues si es así entonces, mejor. Ánimo, amiga, estoy segura de que el hombre perfecto te está buscando desesperadamente en algún lugar —le dice Natalia apoyando su mano sobre la de ella con una compasión que Sofía no siente ni quiere producir en los demás, mucho menos en sus mejores amigas.

—Dicen que todos tenemos nuestra media naranja —agrega la otra—, pero si no la consigues…

—¡Claro que la conseguirá!

—Si no la consigo, ¿qué?

—Si no la consigues hasta los 40 al menos ten un hijo, aunque sea adoptado, con un novio de turno o por inseminación artificial. No puedes privarte por nada del mundo de la experiencia de ser mamá.

Sofía sonríe tímidamente y se debate entre contarles su secreto de una vez o no, pero algo en su interior le dice que se espere, que no debe apresurarse, y el camarero llega justo a tiempo para distraerlas con el menú.

—Yo ya sé qué voy a pedir —dice Claudia, siempre práctica, siempre segura.

—Yo no.

—Denos un par de minutos, por favor —le dice Sofía al joven con la alegría de ver que pese a los hijos y las vueltas que ha dado la vida ambas siguen siendo las mismas amigas que conoció—. ¡Ya extrañaba esa constante llevadera de contraria! —añade haciéndolas sonreír.

Sofía revisa el menú con tal meticulosidad que cualquiera creería que es su primera visita a Ouest. Lleva años desayunando allí los domingos, pero nunca se ha aventurado a pedir algo que no fueran huevos fritos, ensalada de fruta y pan francés.

—Mmm…

Se le hace agua la boca leyendo las deliciosas alternativas que jamás consideró. Quisiera probarlo todo, no puede decidir.

El camarero regresa al ver que ella y Natalia siguen escaneando indecisas el menú y se permite sugerirles el yogur con compota de cerezas ácidas como aperitivo y la omelette con queso de cabra, champiñones y cebolla caramelizada como plato principal.

—A mí tráigame solamente el yogur con cerezas ácidas —dice Claudia.

—A mí sólo la omelette.

—A mí… Hmm… ¡A mí tráigame los dos! —Sofía deja perplejas a sus amigas, que saben lo mucho que se cuida para guardar la línea, o en otras palabras, lo poco que come y lo mucho que camina.

—¿De tomar?

—Bellini.

—Bloody Mary.

—Jugo de naranja natural.

—¿Jugo de naranja natural? —preguntan Natalia y Claudia, aún más extrañadas. Las tres brindan religiosamente con un trago las contadas veces al año que salen juntas a desayunar.

—Ayer tuve una migraña —improvisa Sofía, pensando en las jaquecas ocasionales de su mamá—. No quiero aguarles la fiesta, pero hoy prefiero no tomar.

Sofía se va al baño después de pedir y tan pronto como cierra la puerta sus amigas comentan lo rara que está.

—Debe ser lo de Rafael —dice Natalia—. La pobre, tan entusiasmada que estaba con él. De verdad que hacían una bonita pareja, se veían súper bien.

—Eso es lo que pasa cuando una es tan exigente. Tú sabes cómo es Sofía: que si este me habló un día feo, que si el otro se quiere mudar a Marruecos, que si no puedo con las mañas de este… A ese paso no sé si se va a casar algún día.

—Pues yo no pierdo la esperanza. ¡Anda, Natalia, el tipo

era casado! Sofía es hermosa y apenas tiene 32 años. Te apuesto a que podría encontrar fácilmente al amor de su vida, incluso hoy, aquí, en este mismo restaurante.

Las dos amigas echan un vistazo alrededor y un hombre guapísimo de unos 35 años, vestido a la moda y perfectamente afeitado y peinado, captura de inmediato su atención. Está sentado solo al otro lado del restaurante, tomándose un té frío en una mesa para dos. No lleva anillo en el anular.

—Te apuesto a que Sofía se lo puede levantar.

Entonces, un galán no menos guapo irrumpe en la escena acaparando miradas al entrar y se dirige con una sonrisa de pillo hacia el primero, le toma el rostro entre las manos y le estampa un beso en los labios. Los ojos de ambos brillan de ilusión.

—Te apuesto a que no —responde Claudia con una mezcla de humor y resignación, y suelta una carcajada que a la vez contagia y avergüenza a Natalia, que se encoge en el asiento tratando de desaparecer tras el rojo del respaldar.

Sofía regresa y ambas se ponen serias; no quieren decirle nada para no hacerla sentir mal. Pero las conoce, ni tonta que fuera: es obvio que han estado hablando de ella, que están tramando cuadrarle una cita a ciegas o algo así. "Si se hacen las locas y deciden no preguntar qué me pasa o decirme lo que piensan, pues mejor. Yo tampoco pensaba contarles mis líos hoy", piensa un poco resentida, pero aliviada también.

—¿Cómo te fue en Montreal? Lo último que supe fue que ibas a cubrir el Festival de Jazz —le pregunta Claudia a Sofía, y el ambiente vuelve a la normalidad.

—Bien —dice Sofía tratando de sonar convincente respecto a un tema del que sólo puede hablar a medias y que prefiere dejar atrás—. La ciudad tan hermosa como me la esperaba, lo poco que vi del festival me encantó.

—¡Qué bien! ¿Y a qué famosos entrevistaste? ¡Cuenta, cuenta!

—Bueno, no sé si los conozcan: David Sánchez, Alex Cuba…

—No, la verdad nos los conozco —dice Natalia ligeramente decepcionada; había esperado meses para oír de primera mano los chismes sobre alguna de sus celebridades favoritas.

—Yo tampoco. Pero qué tal, ¿te divertiste? ¿Pudiste salir a turistear?

—Sí… más o menos. Me encantó la ciudad, pero sólo pude ver parte de la Vieja Montreal. En realidad no tuve mucho tiempo…

Sofía se detuvo allí. No quería hablar de más. No estaba lista para contarles a sus mejores amigas ni lo de su embarazo ni lo de su reencuentro fatal con Rafael. Ni siquiera se lo había dicho a su madre, su confidente principal.

—Bueno, mejor cuéntenme ustedes cómo están. ¿Cómo están los niños? Deben estar enormes. ¡Las últimas fotos que pusieron en Facebook son como del 2008!

—Enormes están. ¿Hace cuánto nos los ves? Tienes que venir a casa a visitarnos.

—¡Y a la mía también! Aunque probablemente te aburras… No sé, digo, con toda esa gente tan interesante que has llegado a conocer…

—¡Para nada! Me encantan los niños. No saben cómo disfruto jugando con mis sobrinas. Y cuánto quiero a sus hijos, aunque no pueda verlos tan seguido. De verdad, me voy a organizar y los voy a visitar pronto. Prometido.

Las bebidas llegan y las tres amigas levantan las copas y el vaso de jugo para brindar.

—Por los niños —dice Sofía con la feliz certeza de que pronto pertenecerá al club, aunque ella no tenga marido y no esté pensando ni remotamente en dejar de trabajar.

—Por los niños —repiten ellas.

—Y porque tú tengas los tuyos dentro de poco —agrega Natalia—, enhorabuena.

Sofía y sus amigas salen de Ouest y tras intercambiar de nuevo besos y abrazos y pronunciar el clásico "que no vuelva a pasar tanto tiempo sin vernos", cada una toma su camino: ellas al encuentro de sus respectivas familias, ella a caminar sin un rumbo definido.

Ha escampado y se siente llena después de toda esa comida. Uno de los dos platos definitivamente estuvo de más.

Sofía comienza a bajar por Broadway y decide dejar las tiendas y los restaurantes por el paisaje más natural de Central Park. En Columbus Circle, el semáforo peatonal la obliga a cruzar al lado norte de Central Park South y sigue andando distraída por la hilera de carrozas de caballos del otro lado, cuya belleza contrasta con su intenso hedor. No se da cuenta de que los dos fantasmas mojados y ojerosos con los que acaba de cruzarse son nada más y nada menos que su papá y su mamá, que tampoco la vieron pasar.

Sofía se detiene justo frente al edificio donde queda el consultorio de Emmanuel. No tiene cita con él hasta dentro de dos semanas, pero la última vez que lo vio, cuando le contó lo ocurrido en Montreal con Rafael, sintió cierta tensión entre ellos.

Mira hacia el segundo piso, tratando infructuosamente de

percibir algún movimiento a través de la ventana oscura, pero es fin de semana. "No debe estar ahí".

—Sofía…

Oye su voz a su espalda y se voltea de inmediato, y ambos se miran confundidos: ella porque aunque añoraba verlo en realidad no esperaba encontrárselo; él porque hace apenas una hora atendió a Anna y Leonardo, y por lo particularmente bella que se ve al aire libre esa mañana de sábado, bajo la luz difusa del cielo gris.

XIX

"Hola Sofía, es Emmanuel. Son las 11 de la mañana. Tenemos que hablar. Por favor llámame o pasa por el consultorio apenas puedas. Es importante. Te espero".

Sofía sonríe al escuchar el sorpresivo mensaje en el celular, que no pudo atender porque estaba en la reunión editorial matutina en la oficina, como todos los días a la misma hora en un día laborable.

La voz de Emmanuel le causa una inquietud inexplicable. Después de tropezar con él el sábado y acompañarlo a tomar un café en una salida inédita, espontánea y algo incómoda, Sofía le confió esos detalles que no podía revelarles a sus amigas ni a su madre y él la oyó sólo a medias, inevitablemente absorto en lo que se les venía encima a ella y a su mamá, a toda la familia Katz.

—Disculpa, te estoy aburriendo con mis problemas.

—Para nada, Sofía. Discúlpame tú si parezco distraído. Tengo una paciente en la que no puedo dejar de pensar.

Por un momento sus palabras le causaron un sentimiento cercano a los celos que no supo definir.

—¿Complicaciones de embarazo? —le preguntó con su característica curiosidad.

—No.

—¿Problemas de fertilidad?

Él negó con la cabeza.

—¿Qué pasó? ¿Qué tiene?

Su insistencia estuvo a punto de hacerlo responder con descortesía, reacio a que la hábil entrevistadora lograra su cometido y le sacara información que no le correspondía difundir.

—Creo que es cáncer de mama, pero como comprenderás no puedo hablar de esto contigo —le dijo manteniendo la calma.

"Al menos no de este caso en particular, de momento", agregó sólo en su mente.

—Tienes razón —Sofía se mordió la lengua avergonzada—. Perdona mi indiscreción, sé que es confidencial. Los periodistas somos así. No te pregunto más.

La siguiente media hora fue bastante mejor. Ella le habló de los aspectos más interesantes de su trabajo y él la escuchó con atención y descubrió por vez primera a la mujer de éxito, soltera y decidida en la que se había convertido esa atractiva joven inmadura que cambiaba de novio cada semestre en NYU, esa niña linda a la que solía ver tan sólo como la hija de Anna y Leonardo Katz.

—Me alegra haberme encontrado contigo —le dijo él al despedirse con un beso en la mejilla acompañado de un abrazo breve y reservado—. Gracias por distraerme un rato de la angustia. Nos vemos pronto… en el consultorio.

Y ahora la llamaba directamente al celular. "Él", piensa Sofía. "Él, no la secretaria. Él".

Son las 11:35 y Sofía está varada frente al computador. Debe armar su oferta de noticias para el día y editar un par de historias antes de poder pensar siquiera en escaparse con la excusa de almorzar. Llama a Emmanuel, que no puede atenderla de inmediato.

"Está con una paciente", le dice Verónica, la secretaria.

Termina las tareas pendientes tan pronto como puede y toma un taxi al consultorio sin saber a ciencia cierta cuál es la urgencia, si se trata de algo médico o de algo personal.

—¡Qué rápido llegaste! —exclama Verónica, extendiéndole el ineludible recipiente para muestras de orina.

—No creo que hoy haga falta...

—Lo siento, querida, procedimiento de rutina. Ya sabes cómo son las cosas. El doctor Khan te atenderá en unos minutos.

Sofía entra apurada al baño y llena sin esfuerzo el recipiente, garabatea su nombre en la etiqueta y lo coloca en la repisa, que hoy apenas tiene un par de muestras más; por primera vez la suya es la menos amarilla. En una media hora debería estar de vuelta en la oficina y con el tráfico le tomará unos 20 minutos llegar. "Subway", programa en la cabeza el viaje de retorno.

Sale del baño y ve enseguida a Emmanuel, que le hace señas de que pase.

"¿Qué querrá decirme que no puede esperar?", piensa mientras lo sigue nerviosa al consultorio y percibe en sus ojos evasivos una angustia similar a la que advirtió cuando se lo encontró dos días atrás.

—Llegaron los resultados de tus pruebas genéticas —le dice sin rodeos apenas toman asiento, cada uno a un lado del escritorio, ahora mirándola a los ojos—. Necesitamos extraerle sangre a Rafael. Diste positivo para la enfermedad de Tay-Sachs.

Sofía necesita unos segundos para procesar la información. Como no la contactaron en el curso de la semana supuso que todo había salido bien y ya no se acordaba de la prueba.

"Tay-Sachs", resuena en su cabeza.

—¿Qué quiere decir que di positivo para eso?

—Significa que eres portadora de la enfermedad. Si Rafael no lo es tu hijo será portador pero no la desarrollará. Si Rafael es portador las probabilidades de que la desarrolle son del 25% y no sé si te debas arriesgar. Por favor, Sofía, llámalo de una vez, aprovecha que estás acá. Yo se lo puedo explicar.

Sofía se queda congelada unos segundos más.

—¿Cuál es el riesgo? —insiste aún en shock—. ¿Qué tan grave es esa enfermedad?

—Básicamente, un bebé con Tay-Sachs carece de una de las enzimas responsables del desarrollo. Aunque cuando nace parece perfectamente normal, a los seis meses comienza a perder cualidades físicas y mentales, se va quedando ciego, sordo... A los dos años la mayoría están paralizados. Es raro que lleguen al quinto cumpleaños.

Sofía siente unas náuseas que no experimentaba desde Montreal. El poco color que tenía en las mejillas ahora tiñe su cuello en forma de manchas y el rímel corre con las lágrimas que brotan de sus ojos y reposan unos segundos en su barbilla antes de caer sobre el lino beige del pantalón.

—Sofía, haz la llamada. Yo estoy contigo.

Sofía saca con dificultad el celular de la cartera y allí está aún entre sus contactos, después de todo lo ocurrido: "Rafael".

Marca y siente el pecho a punto de explotar con cada uno de sus latidos, que acompañan de manera extrañamente musical el repicar, y los ojos se le cierran al escuchar su voz después de tanto tiempo.

"Estás en la ciudad de Nueva York, así que... Di lo que quieras, después del tono".

—La contestadora.

Sofía cuelga de inmediato. No deja mensaje.

—Quizás vio tu número en la pantalla y no quiso responder. Démosle cinco minutos y lo llamas desde acá —Emmanuel le acerca el teléfono fijo y marca *67 para que no se identifique el número.

Sofía usa el teléfono del consultorio y efectivamente, con tono de cautela, Rafael contesta el celular. Pero apenas alcanza a decirle dos palabras cuando él finge que no la oye bien y la llamada se corta, aunque es bastante obvio que colgó.

—Ya me había comentado tu papá que era un hijo de puta —dice Emmanuel con una rabia desconocida incluso para él—. ¿Dónde está?

—En la universidad.

—Vamos para allá.

—¿Qué? No me pidas eso, Emmanuel. No puedo. Ni hablar.

—¿Y qué prefieres? ¿Qué vas a esperar? Más allá de los tres meses sería mucho más difícil abortar.

"¿Abortar? ¿Quién está pensando en abortar?", piensa Sofía irritada con Emmanuel, un hombre pragmático que sólo quiere ahorrarle un dolor más fuerte que el que ya está por venir.

—No me interesa saber qué va a pasar. Yo voy a tener a este

bebé como tenga que venir al mundo y ya. Si tiene que vivir cinco años pues esos cinco años vivirá. Por favor Emmanuel, no quiero volver a oír esa palabra como una posibilidad —le dice Sofía llorando, sin saber que en esa misma silla estuvo llorando hace dos días su mamá—. No me quiero hacer ni la amniocentesis; nada que ponga en riesgo la vida de este bebé.

—Y estás 100% decidida.

—100%

—¿Cuáles son sus apellidos?

—¿Los de Rafael? ¿Para qué los necesitas?

—Para saber si es 100% askenazí.

—El primero es Reznik.

—¿Y los demás? Necesitamos los dos apellidos de su papá y los dos de su mamá.

—No sé, Emmanuel... Puedo tratar de averiguar.

—Okey, Sofía. Gracias por venir. Vete tranquila a tu oficina. Sabes dónde encontrarme si tienes alguna duda o cambias de opinión. Te veo en dos semanas para tu cita de control.

—¿Por qué me hablas en ese tono?

—¿Qué tono?

—Suenas molesto. Nunca me habías hablado así.

—No estoy molesto, Sofía, estoy un poco frustrado con la situación. Soy tu médico y mi deber es cuidar de ti y de tu bebé y las circunstancias me lo están dificultando. Tú también.

Sofía se seca las lágrimas con el dorso de su mano y con la fuerza que emana de su vientre le asegura que estará bien, que su hijo seguramente caerá en el 75%, no en el 25, que lo verá crecer y convertirse en un hombre de bien. Pero la tristeza no le permite regresar a su oficina a trabajar, y después de llamar y avisar que está enferma se despide y sale caminando hacia la estación Grand Central. Necesita tomar un tren a Scarsdale y consolarse entre los brazos de su mamá.

Entre tanto, Emmanuel marca *redial* y apunta el número de Rafael en su celular. Esta vez cae directo la contestadora. Tampoco deja mensaje.

En un impulso muy poco característico, le pide a su socia que se encargue de los pacientes durante la próxima hora y media y, sin que las enfermeras se den cuenta, coge un kit para extracción de sangre y lo guarda clandestinamente en el maletín.

"Si Mahoma no va a la montaña la montaña va a Mahoma", se dice colgando la bata blanca detrás de la puerta antes de salir.

—Washington Square —le dice al taxista—. Vamos a NYU.

XX

—La situación es la siguiente —dice la doctora Hunt, sin saber cómo endulzar la información que está a punto de darles—. Tienes un carcinoma agresivo en estadio IV. Encontramos una zona de captación aumentada de la glucosa en el húmero. El cáncer ha hecho metástasis en el hueso.

Anna la mira impávida. Ni la ex de Emmanuel ni Leonardo pueden descifrar su rostro sin expresión.

"Ha llorado tanto los últimos días que ya debe tener los ojos secos", piensa el marido con el ceño fruncido y los párpados más pesados tras el lacerante diagnóstico. "Quizás está tratando de procesar la información o no entiende la gravedad del asunto", se lamenta en silencio. "Quizás ya se ha resignado después de tantos días de dolor".

Sin embargo, esa mañana Anna se despertó con unas ansias renovadas de vivir. Aún tenía una sonrisa en los labios cuando abrió los ojos, después de soñar con un hermoso bebé de rizos rubios y ojos verdes que se asía con una tibia manita a su dedo índice mientras acometía sus primeros pasos en el Great Lawn de Central Park. Aún tenía la sonrisa, pese a la fiebre y el sudor y el incómodo palpitar del tumor que apenas la dejaba dormir.

No quería escuchar "estadio IV", aunque sabía que era una posibilidad. Tenía la esperanza de que la mamografía, la ecografía, la biopsia, el PET scan y los análisis de sangre a los que se había sometido demostraran que todo había sido un susto nada más, que la masa era benigna y que con una simple operación estaría bien. Pero no era así.

No era así y ahora estaba dispuesta a luchar, a someterse a cualquier tratamiento, por más doloroso y prolongado que fuera, tradicional o alternativo, para estar ahí. Por ella misma y por Leonardo. Por sus hijos. Por sus nietas. Por ese bebé sin padre que venía en camino. Por su madre. Por Beatriz.

Nunca más preguntaría cuánto tiempo le quedaba; la respuesta ya no le importaba. Ella iba a vivir. Tenía que vivir.

—¿Cuál es el siguiente paso? —pregunta con una actitud que conmueve a Leonardo y le inyecta una dosis de fe mientras mece otra vez el cuerpo de adelante para atrás y de atrás para adelante, tratando de apaciguar la ansiedad del mismo modo que se calma el llanto de un bebé.

—¿Pueden operarla? —indaga él sentado a su lado, las manos de ambos entrelazadas sobre el apoyabrazos de la silla.

—Todavía no —explica la especialista—. Hay médicos que operan en casos como éste, hay médicos que no. Nosotros no lo hacemos. El tumor es demasiado grande y el cáncer ya no está localizado; operar sería un riesgo ilógico y una pérdida de tiempo. La idea es atacarlo de inmediato, contenerlo, acabarlo. Seguimos un protocolo que nos está dando buenos resultados. Muchos tumores se reducen considerablemente en cuestión de meses y al mismo tiempo conseguimos frenar la enfermedad en las otras partes adonde se ha diseminado. Dependiendo del caso, después decidimos si operamos.

Anna no quiere perder tiempo buscando una segunda opinión. Conoce las credenciales de la Dra. Silvia Hunt a través de Emmanuel y gracias a una búsqueda simple en la red sobre su clínica, lo único que se atrevió a indagar en el ciberespacio. También encontró un par de artículos alentadores sobre su protocolo, que combina dos drogas comunes en quimioterapia con una tercera que ataca directamente la enfermedad sin afectar las células sanas del resto del cuerpo. O al menos algo así entendió en medio del aturdimiento. Leonardo estaba de acuerdo con ella: si la posibilidad se presentaba, era el camino que querían seguir.

—¿Están dispuestos a probar una droga experimental? ¿A ser parte de esta investigación?

—Sí —responde Anna sin titubear —Absolutamente.

—¿Cuándo podemos comenzar? —añade Leonardo.

—Si los próximos exámenes salen bien, la semana que viene. Tenemos que hacerte un ecocardiograma. Necesitamos que tu corazón esté sano y fuerte para poder tratarte.

La doctora le tiende un sobre con documentos explicativos sobre el protocolo, los posibles efectos de la quimio, una lista de respuestas a las preguntas más frecuentes y otra de lo que no podrá hacer ni comer.

—Esto es para que te vayas familiarizando. Apenas tengamos los resultados del eco confirmamos.

Anna y Leonardo salen del consultorio reconfortados y de buen ánimo. Nadie creería que acaban de recibir una noticia así. Cualquiera pensaría que han perdido la cabeza. Pero algo en la doctora Hunt y en el ambiente de la clínica los hace sentir que aunque están a punto de emprender el camino más oscuro de sus vidas, verán juntos la luz al final del túnel. En el rato que estuvieron con ella logró contagiarles algo de su serenidad, su seguridad, su positivismo. Y lo mismo las enfermeras, todas con una sonrisa generosa, con una palabra de aliento para cada paciente, con una historia de éxito para compartir.

Ni siquiera hablan de qué harán si no pasa la prueba del corazón. Ambos están seguros de que la pasará. Anna es corredora y cuida bien su alimentación; heredó muchas cosas de su papá, pero la deficiencia cardiaca afortunadamente no.

Un día y medio después ya están llenando los formularios de consentimiento para recibir el tratamiento y ser parte del estudio.

—¿Cuántas pacientes estamos en este protocolo? —le pregunta Anna a Lynn, la enferma asignada a su caso.

—Tú eres la número 65.

"65", repite Anna sonriendo más con los ojos que con los labios. Nunca le había sonado tan bien el número. "Una señal de buen augurio".

—Felicidades —le dice la doctora Hunt—. El miércoles comienzas tu tratamiento.

Anna y Leonardo entran a un café cercano en la calle 66 entre la Primera Avenida y la Segunda, y el ambiente exótico y acogedor les llama la atención: Java Girl. Entre los barriles de café importado, las tazas de todas las formas y tamaños, los coloridos zapatos con tacón de aguja rellenos de bombones, las ranitas de porcelana y los adornos africanos, encuentran un sitio apetecible para sentarse a desayunar. Su propietaria, una ex diseñadora de cuarenta y tantos tan agradable como el aroma del lugar, conversa en una mesa con un par de clientas, una de ellas obviamente paciente del mismo hospital.

—Dentro de poco yo también me voy a ver así —le advierte Anna a Leonardo en referencia a la mujer del colorido pañuelo en la cabeza, las cejas escasas y los ojos cansados.

—Igual te vas a ver hermosa —le dice él mirándola a los ojos—. ¿Ya decidiste qué quieres hacer?

Habían hablado del asunto. Aunque Anna leyó que algunas mujeres no comenzaban a perder el cabello sino hasta varias semanas o incluso meses después de iniciada la quimio, no le convencía la idea de esperar ese otro momento traumático si podía evitarlo.

—Prefiero afeitarme antes. Después de contárselo a Sofía y a Gael. Y no quiero peluca. Me visualizo más así, con un lindo pañuelo —agrega mirando a la vecina de al lado.

Gael llegaba a su casa al día siguiente con Rebeca y las mellizas y Sofía había quedado en ir a verlos al salir de su trabajo. Anna y Leonardo no sabían cómo iban a reaccionar, sobre todo Sofía en su estado, ni si compartirían su entusiasmo.

Pero Anna no podía ni quería esperar más para darles la noticia. No sabía cómo se la habían podido guardar todos esos días. Y también sentía una gran necesidad de contárselo a Dina, su mejor amiga, pero sólo después de decírselo a sus hijos.

Esa noche, aunque ellos aún no lo sabían, sería la última en largo tiempo que Anna y Leonardo estarían solos.

El resto del día lo pasaron hablando de cómo y a quién más le contarían lo del cáncer. Anna se sentó luego a meditar en una esquina de su cuarto mientras Leonardo, haciéndose el dormido, la admiraba en silencio desde la cama. Qué vida tan hermosa habían hecho juntos. Cuántos momentos alegres y cuántas tragedias habían compartido. "¿Qué es una piedra más en el camino?", se preguntó él. "Sólo una prueba más que superar. Una más".

Anna se mete a la cama tras darse una ducha caliente que le activa la circulación y le deja la piel agradablemente sensible al tacto. Leonardo la envuelve en un abrazo cuidando no ejercer presión sobre el pecho herido, ambos tendidos de medio lado, cara a cara, sus narices besándose con ternura.

Han pasado semanas desde la última vez que sus cuerpos se encontraron desnudos en aquel paseo nocturno por los Hamptons, aquel viaje romántico de aniversario en el que él le hizo el amor en el mar bajo la luz de la luna y ella pudo tachar a la vez dos ítems de su lista.

Y ahora estaban de nuevo frente a frente, reflejándose mutuamente en sus pupilas, recorriendo el contorno de sus cuerpos con las palmas de las manos; ella le entrelaza los dedos en el pelo, le roza los labios lentamente con los suyos.

—Hay abrazos y abrazos —le susurra él estrechándola en una cautelosa aleación de energías que equilibra sus temperaturas y comienza a acelerarles el ritmo cardiaco aun después de tantos años juntos—. Esto es un abrazo.

Bajo la suavidad de las sábanas blancas sus piernas se comunican con un lenguaje propio, mientras arriba las bocas intercambian besos y susurros y las cabezas se despegan levemente de la almohada.

Leonardo emprende un delicado recorrido de besos hacia los pechos de Anna, que en un primer instinto opone resistencia, apenada y algo incómoda por la masa que brota de uno de ellos.

—Shhh… —le dice él sin dejar de besarla ni un momento—. Déjame quererte, déjate querer.

Leonardo retoma su camino y Anna decide entregarse a ese delicioso roce de labios tibios y cierra los ojos para dejarse llevar de manera total.

Con la suavidad de una pluma, su amado esposo consiente su seno enfermo, lo cubre entero de amor, de caricias, de besos. Ella lucha contra las lágrimas que quieren brotarle de los ojos, le toma a él el rostro entre las manos y lo obliga a volver a su boca.

Sacudidos por lo que están pasando, estremecidos por el contacto de sus cuerpos en estas circunstancias y después de tanto tiempo, marido y mujer se funden en uno solo sin atreverse a decir lo que ambos piensan en secreto: que esta podría ser la última vez.

XXI

El cambio le sentó bien a su espíritu aunque le costara admitirlo. La frescura de Wake Forest, el pequeño suburbio a 30 kilómetros de Raleigh donde su hijo menor se había refugiado tras la tragedia del 11 de septiembre, comenzaba a darle un aire más alegre, jovial incluso.

—Es tu turno, abuelita —le dice su nieto de cinco años, al que finalmente accedió a ir a visitar.

Por primera vez en mucho tiempo, Beatriz se aventuró a montarse en un avión, después de que Elliott y Lisette la convencieron de que los acompañara en el vuelo de regreso a Carolina del Norte para que no estuviera sola al salir del hospital. "Por unos días al menos. Anda, mamá, así compartes un poco con Daniel. No te arrepentirás".

Y no se arrepintió. Superados los nervios del despegue, y tras un sermón que sólo oyó a medias acerca del accidente y la necesidad de buscar de una vez por todas ayuda profesional, Beatriz Rosen se sumergió en el apacible ambiente de ese pueblo bonito adonde su hijo había llegado nueve años antes en busca de una vida nueva.

Tras escapar desesperado del dolor que le suscitaba el recuerdo de Claire en cada esquina de Nueva York, había logrado construirse, tras mucho sufrimiento, un nido de amor, un verdadero hogar que lo llenaba de satisfacción.

Atrás dejó su oficio de corredor de bolsa en Wall Street y se buscó un empleo más humanitario como asesor financiero de las organizaciones sin ánimo de lucro de la región. Fue así como dos años después conoció a Lisette, una joven hermosa y caritativa dos años menor que él que supo comprenderlo y adorarlo pese a los fantasmas de su pasado, y que para entonces trabajaba como directora de programas y exposiciones en un museo de arte municipal.

Bea llevaba casi una semana con ellos y no podía eludirlo: era mucho lo que se estaba perdiendo en el aislamiento de su depresión. Qué grande que estaba su nieto. Cuánto amor era capaz de darle a su corta edad aunque casi no la conocía. Cuánta ternura que no existiría si Claire todavía estuviera allí. Era una sensación agridulce, tanta belleza después de tanto dolor.

—Todo tiene una razón de ser —le dijo Elliott esa mañana apoyando una mano en la suya al sorprenderla admirando a su hijo con una luz que creía extinguida—. Hasta la peor tragedia puede producir algo hermoso al final.

—Abuelita, te toca —insiste el niño pasándole el control del Wii.

Beatriz se queda mirando el control remoto blanco con una cruz y seis botones, aterrada con la sola idea de tener que oprimirlos y coordinar a la vez los movimientos que con tanta gracia le enseña Daniel.

Sonríe con los labios cerrados, mira al pequeño a los ojos y se encoge de hombros: aunque lleva una hora viéndolo jugar no sabría reproducir ni de lejos sus sofisticados movimientos, ni hablar de anotar un solo punto en el marcador.

—Mira, este botón es para moverte de aquí para allá, este para subir y bajar, este aquí atrás para saltar o disparar —le explica él por cuarta vez con la misma paciencia de Elliott.

Beatriz coge el bastón y se levanta del sofá para tratar de complacer a ese angelito que le ha dado tanta alegría. Con una perspicacia que no corresponde a sus años, él se da cuenta de inmediato de que a ella sólo le queda una mano libre y necesita un juego más acorde a su situación.

—Prueba a jugar bolos, abuelita. Sólo tienes que apretar este botón y moverte así.

Se para con las piernas juntas, consciente de que la coreografía completa es demasiado para Bea, y se limita a levantar el brazo derecho hacia atrás mientras presiona uno de los botones, que suelta después de mover el brazo como un péndulo, justo en el momento en el que soltaría la pelota si estuviera en una pista real.

En el televisor, la pelota rueda por todo el centro resuelta a derribar los 10 pines que esperan al fondo dispuestos en triángulo. Pero ya casi al final, se desvía ligeramente hacia la izquierda y tumba sólo tres, dejando el resto para el segundo tiro.

—Ahora prueba tú, trata de tumbar los demás.

Beatriz se para frente al televisor y percibe la ilusión de su nieto al verla en acción: tiene tres días rogándole que jueguen con el tal Wii.

"Qué divertido", piensa por primera vez en años, y se coloca en posición con el bastón en la izquierda y el control en la derecha, concentrándose en la pista y en el botón, en el momento en que tendrá que soltarlo y en los pines que debe derribar. No quiere decepcionar a Daniel, que la mira expectante con sus ojos grises. Pero es la primera vez que juega esta especie de Atari ultramoderno, aunque llegó a ser muy buena jugando a los bolos en el milenio pasado, en su juventud.

—Dale abuelita, ¡ahora!

Instintivamente Beatriz suelta el bastón, dobla los codos y levanta el control a la altura del pecho, presionando fuertemente el botón, y equilibra con los dedos de la mano izquierda el peso de la "bola" que está a punto de lanzar. Aguza la vista y respira profundo antes de bajar los brazos a ambos lados del cuerpo, despliega el derecho hacia atrás para coger impulso y lanza, soltando el botón en el momento preciso, con la pierna derecha ligeramente torcida tras el talón izquierdo, en una pose final casi digna de una profesional.

—¡TODOS!—grita Elliott desde la cocina sin poder creer lo que acaba de ver.

"S P A R E !", anuncia en grande la pantalla del televisor.

—¡Los tumbaste todos! —brinca Daniel sin parar—. ¡Hiciste una *spare* abuelita! ¡Choca esos cinco! *Give me five!*

Celebran el triunfo chocando las palmas y se dan un enternecedor abrazo que Lisette captura justo a tiempo con el celular. "Bea hace una *spare*", comparte al instante a través de su BlackBerry con sus cuñados desperdigados por el mundo y con Anna y Sofía en Nueva York.

Beatriz se ruboriza ante el éxito inesperado y lucha con sentimientos encontrados que no le permiten disfrutar del todo el nuevo indicio de cambio, ese momento de gozo en el que vuelve a ser el centro de atención. Con una breve expresión de dolor repentino, se retuerce ligeramente hacia un lado y se sujeta la cadera que el taxi estuvo a punto de fracturarle hace unas semanas.

—¿Estás bien? —le pregunta su nuera entregándole de vuelta su bastón.

—Sí, nada más un poco adolorida. Creo que no medí muy bien mis movimientos, me dejé llevar por la emoción.

—Mamá, ¡no sabía que podías jugar *bowling*! Me dejaste boquiabierto, de verdad.

—No es nada —minimiza ella su proeza—. Cuando tu papá y yo éramos novios él me invitaba a jugar todos los fines de semana. Él me enseñó, y luego siempre me dejaba ganar. Hasta que nació tu hermano Gabriel y entre una cosa y otra no volvimos más. Fue una época muy bonita. Otros tiempos…

—Pues nunca es tarde para volver a comenzar —insiste su hijo.

—Aquí cerca en Raleigh hay una bolera donde hemos visto jugar a un grupo de la tercera edad—agrega Lisette tratando de entusiasmarla más—.Creo que deberíamos ir a ver qué tal. ¿Qué dices, Beatriz? ¿Te animas?

Pero Beatriz aún no se siente con ganas de socializar, de salir a divertirse, de conocer gente.

—Ay, para qué se van a molestar, si en unos días ya me voy y casi tengo que empacar. Prefiero pasarlos aquí tranquila con ustedes.

—Abuelita, pero yo quiero ir contigo —le dice Daniel con una expresión irresistible.

—Sí abuelita… Yo también quiero ir contigo—repite Elliott con picardía.

—Tres contra uno —se suma al juego Lisette—. Creo que no tendrás más opción. Esta tarde llamo a averiguar.

Esa tarde salieron a tomarse un café en el pueblo, pero después de muchas vueltas terminaron en una heladería por insistencia de Daniel.

—¿Te parece bien, mamá? —le preguntó Elliott a sabiendas del trauma que le ocasionó el derrame de su padre cuatro años antes en una heladería en Nueva York.

—Está bien. Los acompaño.

Madre e hijo se sientan en una mesa junto a la ventana mientras Lisette lleva a Daniel al baño antes de comprarle el helado. Beatriz los ve cruzar la puerta y baja la mirada, avergonzada y entristecida por no haber estado ahí todos esos años, por haber privado a Daniel y a sus otros nietos de una abuela a causa de la depresión.

—Estoy muy contenta de estar aquí. No sabes lo bien que me ha hecho venir.

—Ya lo veo, mamá, no hace falta que me lo digas. Y no sabes lo que significa para mí que estés aquí. Gracias de verdad, gracias por venir.

Beatriz lucha contra la nube que amenaza con cegarla y se toma unos segundos para expresar lo que hace mucho tendría que haber dicho.

—Elliott, hay algo que quiero confesarte. El día del accidente el taxi no me atropelló por casualidad. Yo me lancé a buscar la muerte… Había abierto de nuevo el cofre con todo lo de Claire. No lo recordé cuando me desperté del coma pero sí unos días después. Discúlpame por haber tardado tanto en venir, hijo. Tú sabes que mi dolor ha sido demasiado grande. El sentimiento de culpa por lo que pasó…

—Disculpa aceptada —la interrumpe Elliott con un nudo en la garganta al comprobar que, aún después de todos esos años, la herida de su madre no termina de sanar—. Por favor, perdóname tú a mí por lo que te dije ese día en la *shivá* de Claire. No fue tu culpa, y te lo digo de verdad. Hace mucho lo comprendí. Por favor mamá, no sigas martirizándote que me haces sentir culpable a mí. Tienes que superarlo. Por este niño, por mí.

Daniel vuelve corriendo para jactarse de un helado que no puede ni sostener con una sola mano. Beatriz le dedica a su hijo una sonrisa breve pero reconfortante y ambos se voltean hacia el niño y elogian su selección: un barquillo coronado con lluvia de chocolate, helado de chocolate con trozos de brownie y, para rematar, mini M&Ms.

—¡Ay, qué pena! ¿No tenían chocolate hoy? —le dice Elliott a su hijo, que suelta una carcajada deliciosa que contagia a su padre y a Beatriz.

Lisette llega con una bandeja con galletitas y café y se apresura a dejarla en la mesa para atender su celular, que lleva sonando unos segundos en el fondo de su bolso.

—Es Anna —dice contenta tras saludarla y le pasa el teléfono a Beatriz—. Acababa de ver la foto de tu mamá con Daniel. No lo podía creer.

—¿¡Anna!? —saluda Beatriz emocionada a su querida prima neoyorquina—. ¡Qué gusto oír tu voz! ¿Cómo has estado? Te he echado de menos.

—¿Cómo estás tú, Bea? Por la foto que me mandó Lisette parece que muy bien… La verdad, dice más que mil palabras, qué ternura, prima. Tienes que enmarcarla. Qué alegría verte así.

—Sí, estoy muy feliz.

—¿Y regresas el jueves como me habías dicho?

—Todavía no estoy segura…

—Yo puedo ir al aeropuerto a recogerte. Y si no yo Leonardo o alguno de mis hijos. Gael llega mañana. Queríamos saber si estarás aquí. Tenemos un par de noticias que queremos compartir con todos.

—¿Noticias? ¿Todo bien?

—Aún no te puedo decir… Pero no vayas a preocuparte. Te cuento cuando estés aquí…

—Es que no sé si llego el jueves. Elliott y Lisette quieren que me quede otros dos días al menos para pasar un Shabat más con Daniel. Ojalá lo pudieras ver. ¡Está tan hermoso! ¡Y las cosas que dice! ¡Me deja asombrada!

Beatriz hace una pausa pero sólo escucha silencio al otro lado de la línea.

—¿Anna? ¿Estás ahí?

—Sí, sí, Bea, estoy aquí. Es sólo que te escucho y no me lo creo, llevaba mucho tiempo sin oírte así. Me alegro por ti, qué bien te ha sentado ese viaje. Quédate y disfruta a tu hijo y a tu nieto que hace mucho no los ves. Te extraño, prima querida. Apenas sepas cuándo regresas por favor avísame.

Esa noche Beatriz Rosen no pudo dormir. "Tres días más", pensó con una súbita urgencia por volver a casa tras su conversación con Anna. "Sólo tres".

Pero a la mañana siguiente el impulso la llevó a hacer su maleta y con toda la pena del mundo le pidió a Elliott que la llevara al aeropuerto. "A Anna le pasa algo, lo puedo sentir".

—Te prometo que volveré pronto —le dijo a un triste Daniel antes de partir, dándole un beso en la frente y un abrazo que les encogió a ambos el corazón—. Para tu cumpleaños estoy de vuelta, ¿sí? Anda, regálale una sonrisa a tu abuela.

Y con esas palabras la expresión del niño cambió.

Beatriz viajó sola en el avión. Por primera vez en años, salió caminando sin su bastón, pero sólo se dio cuenta hasta llegar a Nueva York.

XXII

Anna estaba saludando a sus dos nietas cuando la vio llegar en un taxi amarillo.

—¡Bea! —le dijo sorprendida al verla bajar del vehículo sin el bastón.

Se miraron a los ojos y no se dijo más. Anna entendió que su prima había adelantado el vuelo por la conversación de la víspera; Bea entendió que no era el momento apropiado para hacer preguntas.

—¡Hola Bea! Qué bien te ves —le dice Gael tras darle un beso en la mejilla, y le recibe al taxista la pequeña maleta de la prima Beatriz.

—¡Es verdad Bea! ¡Te quitaste cinco años! ¿Qué te hiciste? —agrega Rebeca, la esposa de Gael, dándole un breve abrazo de bienvenida.

—Beatriz acaba de pasar unos días en Carolina del Norte con Elliott y su familia —Anna rodea con el brazo los hombros de su prima—. Se nota que el viaje le ha hecho bien.

Beatriz asiente con una sonrisa y ve el taxi alejarse, su último enlace con un viaje que comenzaba a cambiarle la vida hasta que su instinto le dijo que debía volver. Aún se siente mejor que cuando se fue de Nueva York, pero la alegría de Wake Forest comenzó a extinguírsele en el instante en que vio desde el avión el perfil mutilado de Manhattan, que hasta entonces sólo conocía por periódicos y revistas e imágenes de la televisión. Era la primera vez que regresaba en avión a la ciudad de los rascacielos desde los atentados, y aunque había pasado casi una década sintió de nuevo un vacío en la boca del estómago y el corazón.

—Necesito recostarme un rato —le dice a Anna al entrar—. Estoy agotada, se me quedó el bastón.

Anna la acompaña al antiguo cuarto de Gael, reservado esa noche para las mellizas, y tras llevarle una cobija y un vaso de agua con una rodaja de limón cierra la puerta para dejarla descansar.

Consiente también a sus hijos con un frappé de limón con menta y a sus nietas con vasos de dibujitos con leche tibia y miel. El pastel de chocolate, un clásico en su cocina, los hace sentirse verdaderamente en casa y todos se sientan felices a comer.

—¿Quién quiere ir mañana a la piscina de Scarsdale?

—¡Yooo! —gritan las pequeñas alzando los brazos, ambas con un gracioso bigote de leche blanco y los dedos llenos de migas de pastel.

—¿Quién quiere ir al Bronx Zoo?

Y ellas responden otra vez al unísono con el mismo entusiasmo, riendo con la boca llena, las piernitas balanceándose bajo la mesa en sincronía con los brazos.

—¿Y a la Estatua de la Libertad? —agrega Gael.

Es un juego que podría seguir toda la tarde.

Leonardo abre la puerta y deja pasar a Sofía, a quien fue a recoger en secreto a la estación. Su hija logró escaparse del trabajo un poco antes para darles una sorpresa a su hermano y a su familia; no los veía desde la fiesta de Anna, hace un par de meses ya. Tampoco pensaba decirles aún lo de su embarazo, pese a que justo había cumplido tres meses de gestación: NO después de saberse portadora de una enfermedad mortal; NO hasta sentirse lista, aunque la costura del pantalón estuviera a punto de reventar.

—¡Pero miren quién llegó! —anuncia Anna con alegría, y las niñas, seguidas de Gael y Rebeca, salen corriendo al encuentro del abuelo y de la tía.

—¿Quién es mi sobrina favorita? ¿Ah? ¿Quién es mi sobrina favorita? —pregunta Sofía en cuclillas, abrazando a cada niña con un brazo y haciéndoles cosquillas por turnos en el cuello con su nariz.

Nada más hermoso que el sonido de sus risas, piensa con la esperanza de que el bebé que lleva en el vientre nazca sano y le proporcione una alegría similar durante muchos años.

Sofía y Leonardo intercambian calurosos abrazos con Gael y Rebeca y se unen a la merienda. Son casi las cinco de la tarde y Anna está esperando que sea de noche para compartir el secreto que guarda con sus hijos y Beatriz, que su prima se despierte y sus nietas se duerman, para hablar con tranquilidad.

Hasta el momento, había mantenido el buen ánimo. Llevaba días planeando con Leonardo que harían el anuncio con naturalidad, como algo casual casi, para emular el estilo eficaz de la doctora Hunt. Pero los minutos pasaban y al verse más cerca del momento, al ver a sus hijos y su a prima ya allí, comenzó a sentir mariposas en el pecho, a preguntarse de nuevo cómo irán a reaccionar, cómo los convencerá de que va a estar bien porque está dispuesta a luchar, porque confía en la ex novia de Emmanuel y en su tratamiento experimental.

Sofía entra un momento al baño y da un grito de terror.

—¡Beatriz! —exclama y cierra la puerta tras sorprender a la prima sentada con los codos apoyados en las rodillas y cara de bochorno.

—¡Ay Sofía! —salta Bea acomodándose en el retrete—. ¡Se me olvidó echar llave! ¡Por poco me matas de un susto!

—¡Por poco me matas tú a mí! —le responde Sofía riendo —Perdona, Bea, no sabía que estabas aquí... ¿De dónde saliste? ¿Te teletransportaste desde Carolina del Norte? Te hacía por allá con Elliott y Lisette.

—Acabo de llegar hace un rato. Estaba durmiendo una siesta.

—Okey, nos vemos ahora, me voy a otro baño —responde Sofía sin poder parar de reír.

"Estas hormonas...", piensa sobre los ataques de risa y llanto incontrolables que ha tenido recientemente. "Parezco bipolar".

—¿Qué pasó? ¿Por qué tanto escándalo? —le pregunta Anna a su hija.

—Nadie me dijo que Bea estaba aquí. ¡Abrí la puerta del baño y casi me muero al verla así! —logró decir conteniendo la risa pero imitó la posición tan gráficamente que todos entendieron y empezaron a carcajearse.

—¡Los estoy escuchando! —grita Beatriz desde el baño, sonriendo ella misma al evocar el típico incidente menor.

Rebeca bañó a las mellizas, que habían jugado un rato con los abuelos y la tía y estaban cansadas y deliciosamente mugrientas; cenaron, les leyó un cuento en la cama y les apagó la luz.

—Ahora a cenar nosotros —dice Leonardo buscando los ojos de su esposa, que le devuelve la mirada algo nerviosa mientras pone la mesa con Sofía, Rebeca y Beatriz.

El timbre suena y Sofía abre la puerta para encontrarse otra sorpresa, pero ésta es una que la deja sin palabras.

—Hola —le dice Emmanuel disimulando los nervios, con unas flores amarillas que recién compró en el pueblo—. Tú mamá me invitó a cenar.

Por unos segundos Sofía no reacciona. No entiende por qué su madre ha invitado a Emmanuel a una cena familiar sin haberle dicho nada a ella. Aunque su corazón se acelera de verlo, supone que lo han traído para apoyarla por si esa noche decide darles la noticia de su embarazo a su hermano y a su cuñada.

—¿Sofía? ¿Puedo pasar?

—¿Ah? ¡Claro! ¡Qué tonta! Pasa por favor, no te quedes ahí afuera —le responde colorada y el beso en la mejilla le produce un corrientazo.

"¿Lo habrá sentido él también?".

—Qué rara esta estática en pleno verano —termina él de romper el hielo, arrancándole una sonrisa cauta que a ambos les da fuerzas para seguir—. ¿Cómo has estado? ¿Se los dijiste ya?

—No, todavía no. Mis padres no saben lo de la prueba y mi hermano no sabe… Bueno, Gael no sabe absolutamente nada, la prima Bea tampoco. No estoy lista todavía. Por un lado sé que a Gael no le va a hacer nada de gracia y por el otro eso de la enfermedad de Tay-Sachs…

—Sofía, por mí no tienes que preocuparte. ¿Tú cómo estás? ¿Cómo has estado de ánimo?

—¿Qué quieres que te diga? He tenido mis días. Desde que estuve en tu consultorio el otro día…

—Tenemos que hablar de eso.

Sofía lo mira a los ojos con una mezcla de dicha, confusión y pesar que no sabe definir. Qué sensación tan extraña le provoca Emmanuel; nunca había sentido algo así. Y el sentimiento era mutuo. Lo podía percibir.

—Emmanuel, no tengo nada nuevo que decir al respecto…

—Yo sí. Y es importante. No puedo contarte todo ahorita, pero el…

—¡Emmanuel, estás aquí! —lo interrumpe Anna ajena a la conversación, feliz de verlo.

—Disculpen la tardanza. Tuve que atender un parto a última hora.

—¡Para nada! ¡No podías llegar en mejor momento! —le dice Leonardo tendiéndole un vaso del whisky que beben Gael y él y lo invita a sentarse un rato en la sala, sin percatarse de la frustración de su hija ante la inoportuna intervención.

—¡Guapísimo! ¿Quién es? —le susurra al oído Rebeca a Sofía como para animarla a iniciar algo que no sabe que comenzó a cocinarse en contra de sus voluntades desde hace días.

—Es nuestro médico —responde ella tratando de disimular mientras ambas ponen la mesa—. Nuestro ginecólogo.

—¿Soltero?

Sofía asiente con los ojos y su cuñada le hace un discreto y pícaro gesto de aprobación.

Una vez en la mesa Anna le hace una señal a Leonardo y él

da unos golpecitos en la copa con el tenedor para llamar la atención de los presentes, que hacen silencio de inmediato.

—Bueno, estamos muy felices de tenerlos aquí reunidos, hijos, Bea, Emmanuel. Queremos compartir una noticia importante con ustedes y nos gustaría aprovechar…

Sofía mira a su padre con incredulidad. ¿Cómo puede atreverse a difundir SU secreto? ¿Sin previo aviso, sin su consentimiento, sin preguntarle nada?

—¿Papá? —lo interrumpe pálida y todos se vuelven hacia ella—. ¿Qué crees que estás haciendo?

—Sofía, hija, déjame continuar. Como les decía, queremos…

—¡No papá! ¡No puedes hacerme esto!

—¿Hacerme esto? —repite Anna confundida, pero de inmediato se da cuenta de lo que le está pasando por la cabeza a su hija.

—Por favor no me interrumpas —insiste Leonardo—. Escúchame Sofía, esto es algo serio.

—¿Se puede saber de qué están hablando? —dice Gael, irritado ante la evidencia de que toda la familia le oculta algo.

—¡NO! —dice Sofía elevando aún más el tono.

Beatriz, Gael y Rebeca están desconcertados, Anna busca qué decir para resolver el malentendido, Emmanuel no se atreve a meterse en lo que no le corresponde.

—¡Sofía, cálmate! —le dice Anna.

Las hormonas empujan a Sofía un poco más allá.

—¿¡Para eso invitaste a Emmanuel!? —le reclama a su madre, incomodando aún más al doctor.

—¡Nooo!

—Sofía, cálmate…

—¿¡Cómo se les ocurre compartir algo tan íntimo!?

—¡Sofía! ¡Escucha!

—¿Alguien puede decirme de una vez por todas qué carajo pasa aquí? —reclama Gael, y recibe en respuesta dos gritos fulminantes simultáneos:

—¡Tengo cáncer! / —¡Estoy embarazada!

Anna se sintió desolada ante un caos de magnitudes que no había podido imaginar. Sofía se volteó a verla con total desconcierto, mientras Leonardo se llevaba las manos a la cabeza y Gael y Rebeca palidecían mudos, boquiabiertos. Beatriz sólo pudo pensar en un número: "64". Emmanuel buscó en vano la palabra adecuada para apaciguar la situación.

XXIII

Anna y Sofía no paran de pelear. Una está furiosa con la vida porque amenaza con arrebatarle a los dos seres que más quiere; la otra está nerviosa por la volatilidad de su hija y el silencio de su hijo, por el oscuro túnel en el que está a punto de adentrarse, por el sentimiento de lástima que ha despertado sin pedirlo en los demás.

Es un día de duelo en la casa de los Katz, un día lúgubre y pesado que a pesar de los ensayos Anna y Leonardo no han logrado evitar. Sofía no para de llorar. Gael envió a Rebeca de nuevo a Boston con las niñas para sacarlas de ese ambiente tan cargado y darle a su madre un poco más de espacio y tranquilidad. Desde entonces no se le ha vuelto a escuchar.

—Tenemos que dejarlos lidiar lo mejor que puedan con esta información. Recuerda cómo nos sentimos nosotros los primeros días, Anna. Dales tiempo, en unos días estarán mucho mejor —le dijo Leonardo a su esposa, que sentada en una esquina de la cama, con lágrimas en los ojos, se balanceaba ensimismada de atrás para adelante, de adelante para atrás, con la mano derecha cerrada en un puño sobre el corazón—.

Anna, mírame. Mañana comienzas tu tratamiento y todos te vamos a acompañar. Sofía y Gael podrán preguntar lo que quieran y seguramente se calmarán.

Anna se dejó abrazar por su marido, que ahora la acompañaba en su rítmico vaivén. Tenía clavada la imagen de sus hijos despavoridos la noche anterior y la idea de verlos en el mismo estado al día siguiente le producía un dolor aún mayor.

La única a la que la noticia parecía haberla golpeado de una manera extrañamente positiva era Beatriz. Al cabo de dar vueltas conmocionada durante unas horas, la prima se levantó temprano, les sirvió a todos el desayuno y como no podía quedarse quieta preparó también un guiso, una ensalada mixta y un arroz. Nadie probó bocado, pero ella seguía limpiando y cocinando como poseída por un robot.

—Mente positiva —se la oía repetir en voz alta cada vez que Sofía empezaba a despotricar, achacándole las lágrimas al perenne sofrito de ajo, cebolla y pimentón.

"Mente positiva", se repetía Beatriz. "Tenemos que superar esta maldición. Tenemos que acabar con ella de una buena vez".

Pero Sofía estaba fuera de sí. La montaña rusa emocional propia del embarazo la había lanzado en caída libre después que Emmanuel salió corriendo a la ciudad para atender un parto, sin decirle eso tan importante que tenía que decirle.

—Mamá, ¿qué haces parada? ¡Anda ya mismo a acostarte! —se desquita una vez más con Anna al verla entrar en la sala como una especie de zombi.

—Ya te dije, Sofía, yo me siento bien. Creo que tú eres la que deberías recostarte. Estás muy alterada. Esto no debe ser nada bueno para el bebé.

—¿¡Ves!? ¡Una trata de ayudarte y no te dejas, mamá! ¡Pero qué nivel de egoísmo! ¡Te necesito sana! ¡Te necesito bien! ¡De verdad mamá, así no vamos a poder!

—¡Pues con esa actitud tampoco vamos a poder! ¡Déjame respirar, Sofía! ¡Estás como loca! Hazme el favor y llama a Emmanuel a ver si hay algo que te pueda recetar.

—¿¡Qué!? ¿Cómo me vas a…

—¡Yaaa! ¡Por favor basta! ¡Las dos, paren ya! —Gael rompió su silencio con un grito que las sacó a las dos del trance—. ¡Tú la estás mortificando a ella que está enferma y te estás haciendo daño a ti y a tu bebé! ¡Y tú, mamá! Tú eres la mujer más feliz que he conocido y así es como te quiero recordar. Así que por favor, las dos, paren ya.

Fue como si hubiera apretado el botón de reset.

—Voy a llamar a Emmanuel —fue lo único que se atrevió a agregar Sofía antes de encerrarse cabizbaja en su habitación.

Sin los arranques de su hija, y con el apoyo de Leonardo, de Gael y de Beatriz, Anna se sentó a hacer una pequeña lista de amistades a las que quería informar sobre su dolencia y se las dio para que se encargaran de llamar.

—Asegúrense de decirle a todos que por nada del mundo se debe enterar mi mamá —les recordó—. ¿Para qué hacerla sufrir a su edad? Con la memoria como la tiene y lo poco que sale de casa, estoy segura de que no será muy difícil disimular. Sólo avísenle a María, por si alguien mete la pata y le toca improvisar.

—¿Y Dina? —pregunta Gael al no ver a su tía putativa en la lista —¿Ya le avisaste a Dina?

Anna asiente afirmativamente.

—Dina está en camino, ya debe estar por llegar.

En su cuarto Sofía marca inquieta el celular de Emmanuel, pero el buzón de voz salta al momento. Prueba en el consultorio y Verónica, la secretaria, la deja esperando un minuto sólo para atenderla de nuevo y decirle que el doctor Khan está ocupado en este momento y apenas pueda la llamará.

Dos minutos después suena el iPhone. Es él.

—Sofía, escúchame con atención y no repitas lo que te voy a decir. Acabo de recibir los resultados de las pruebas de Rafael. No tienes nada de qué preocuparte. Tu bebé va a estar bien.

Sofía se cubre medio rostro con una mano y cierra los ojos acallando un llanto de alivio, de renovada ilusión.

"Tu bebé va a estar bien". Era lo único que necesitaba escuchar, lo único que podía devolverle las fuerzas para seguir adelante, para cuidarse mejor y cuidar a su mamá y lidiar con esta nueva situación con otra cara, otra actitud.

Comprendió de inmediato lo que Emmanuel había hecho por ella. No podía creer hasta dónde había llegado y cuánto se había arriesgado para proporcionarle seguridad y tranquilidad. Le importaba más de lo que ella había imaginado, y se dio cuenta de que a ella también le importaba él. ¿Cómo no lo había visto antes? Tan cerca todos estos años y tan lejos a la vez.

—¿Cómo fue? —logró preguntarle en medio de su conmoción.

—Nada fácil. Es una larga historia que ya te contaré en persona otro día. Lo importante es que ya lo sabes. Ahora trata de relajarte un poco y pasa el mayor tiempo que puedas con tu familia y tu mamá. Para estar bien ella necesita verte bien a ti.

—Emmanuel, no tengo palabras, de verdad… Nadie había hecho algo así por mí. Gracias.

—¿Cómo están las cosas hoy allá? Lo de anoche fue... intenso, por decir lo menos.

—Qué quieres que te diga. Es como una pesadilla y yo...

Sofía no puede seguir hablando. Una palabra más y siente que va a explotar.

—Mente positiva. Tienes que ser fuerte y cuidar de ti y de tu mamá. Mañana estaré en Sloan para acompañarlos. ¿Nos vemos allá?

—Allá nos vemos.

Sofía se obliga a centrarse en la buena noticia y sale al encuentro de su madre con la nariz colorada y los ojos hinchados pero más en paz. Anna la recibe con un largo abrazo, y Sofía, tras darle un cariñoso apretón también a su hermano, ve lo que hacen los demás y se une en la misión.

—Gracias. Sí, tenemos fe. Lo sé —le dice a una de las amigas de su madre—. Todo va a salir bien.

La llegada de Dina purifica el ambiente.

Dina, la mejor amiga de Anna desde su adolescencia en Venezuela, trae a la casa un cargamento de energía positiva que incluye piedras, frasquitos de aromaterapia, flores de Bach, audiolibros de Deepak Chopra, un plan de alimentación y un nuevo manual de reiki. Está metida desde hace unos años en una onda muy espiritual y promete ayudarlos a curarse, si no del cuerpo al menos del alma, y enseñarles a relajarse y a manejar el dolor.

—Recuéstate y ponte cómoda —le dijo a Anna esa tarde un rato que pasaron a solas, y ella le dio gusto sin atreverse a hablar—. Cierra los ojos... Relájate —añadió Dina con el más suave tono de voz.

Anna no sabía si sería capaz de alejarse del todo de sus

preocupaciones, de abstraerse de los nervios por la enfermedad y la angustia de la familia. Poco a poco una evocadora
pieza instrumental mezclada con sonidos de la naturaleza fue
transportándola a un lugar mejor y sintió las manos de su
amiga escaneándole el cuerpo en busca de las áreas que más
podían beneficiarse de los efectos relajantes del reiki japonés.

Siente el calor de Dina en las plantas de los pies y no entiende cómo su amiga tiene las manos tan calientes; son una
fuente de energía que asciende de a poco por el lado derecho
de su cuerpo —del tobillo a la rodilla, de la rodilla a la cadera,
de la cadera a la muñeca, luego al codo y después al hombro y
el pecho hasta terminar en la cabeza y comenzar a descender
en sentido contrario, de la cabeza a los pies, esta vez por el
lado izquierdo.

Con los sonidos del agua, las aves y el viento, Anna recuerda
una mañana soleada de sábado en Venezuela en la que subió
con Leonardo el imponente cerro El Ávila, tomados de la
mano, charlando, riendo, él robándole un beso a cada tantos
pasos.

Qué vista más bella los aguardaba en la cima, que por un
lado les permitía apreciar el esplendor total del valle de Caracas y por el otro perderse en el azul más intenso del mar Ca-
ribe. Era un premio digno a la marcha cuesta arriba por esa
montaña que separaba la jungla de concreto de la gran masa de
agua y ahora, tantos años después, la separaba también a ella
momentáneamente de la realidad. Qué calma tan agradable.

Sumergida en la magia del recuerdo, Anna percibe el calor
de Dina justo sobre el pecho, en su plexo cardíaco.

—Este es tu cuarto chacra —le dice su amiga—, la ventana
de tu alma.

Anna no entiende qué está haciendo Dina, pero sea lo que sea está surtiendo efecto: en cuestión de minutos ha alcanzado una sensación de paz indescriptible. Su mente ya no está en El Ávila pero se siente igual o aún más relajada.

—Mañana empiezo mi tratamiento —le dice Anna a su mejor amiga y le toma ahora ella las manos, para transmitirle agradecida algo de su propio calor—. Le había dicho a Leonardo que prefería afeitarme la cabeza antes, pero ahora que llegó el momento te confieso que estoy aterrada. ¡Me voy a ver horrible, Dina! Te lo digo solo a ti, porque con ellos tengo que mantener la compostura.

—Amiga querida, no hay manera de que tú te veas horrible —Dina la toma por los hombros y la mira a los ojos con el mismo cariño de siempre—. La luz que irradias es demasiado fuerte como para que nada opaque tu exterior. Ahora repite conmigo: me voy a ver bien porque sé que esto representa el principio de mi curación.

—Me voy a ver bien porque esto representa el principio de mi curación.

—El poder de la mente es muy grande, y el de la palabra también. Cuando pienses algo negativo búscale el lado positivo y repítelo en voz alta, escríbelo y léelo otra vez.

Dina le hace una caricia en la espalda y baja a buscar a Leonardo, que sube y se queda a solas con Anna en la habitación.

—¿Estás lista? —le abarca con la mano media mejilla y toda la oreja, acariciando con las yemas de los dedos su cabello sedoso por última vez.

Anna asiente con sentimientos encontrados y se encoge de hombros.

—Este es el principio de tu curación —le dice él también—. Así lo tenemos que ver.

La ayuda a levantarse, la guía despacio hasta el baño y la observa mientras ella se sienta frente al espejo. Las tijeras esperan sobre el granito del lavamanos junto a la rasuradora eléctrica que él usa de cuando en cuando.

—Hazlo tú —le dice Anna—. Yo cierro los ojos.

Segundos después, con el alma temblando, siente los dedos separándole delicadamente el cabello en mechones, siente el frío de la tijera muy cerca de la piel y el pelo cayendo hasta las baldosas blancas del piso entre cada ris y cada ras.

Con los ojos aún cerrados, respira profundo y deja escapar un corto suspiro mientras su corazón trata de bailar al ritmo de la máquina, con el sonido de la vibración. "Este es el principio de tu curación", se repite al notar el cosquilleo curioso que le recorre de arriba abajo el cerro de la cabeza, podando esa grama que siempre cuidó tanto.

—Abre los ojos —le dice Leonardo y besa por primera vez esa piel a la que nunca le ha dado el sol.

Ella pestañea varias veces, acostumbrándose de nuevo a la luz y al reflejo que encuentra en el espejo, a su cráneo desnudo, a su nuevo yo.

—No podrías ser más bella —la reconforta él.

Anna esboza una sonrisa que disimula el dolor, esquiva su imagen al tomarlo de la mano y lo guía hasta la sala, donde la familia la espera con preocupación.

—¡Mamá! —le dice Sofía—. Pareces una actriz. Te ves hermosa, de verdad.

La prima Beatriz la mira sin decir una palabra, pero con una discreta sonrisa le recuerda que está ahí.

Gael la abraza y le da un beso en la mejilla.

—Este es el principio de tu curación —le dice volteándose a ver a Dina.

Y Anna da gracias a Dios por tenerlos a todos ahí.

Dos pañuelos de seda de vivos colores aguardan en una bolsa con una tarjeta de Leonardo que dice: "Completamente opcional".

La voz de Deepak Chopra se escucha al fondo en inglés: "Aun cuando crees que tienes toda tu vida planeada, suceden cosas que moldean tu destino de maneras que nunca habrías podido imaginar".

Las palabras parecen haber sido escritas en ese preciso momento para Anna, para toda la familia Katz.

XXIV

La primera sesión de quimio fue mucho más fácil de lo que anticipaba. Sus seres queridos fueron turnándose para entretenerla y las tres horas y media sentada con una solución intravenosa en el brazo se le pasaron volando.

—¡Qué belleza de lugar! ¡Parece más un hotel que un hospital! —comentó Sofía acerca del Memorial Sloan-Kettering de Manhattan, uno de los centros de investigación y tratamiento para el cáncer más reconocidos a nivel mundial.

—¡Y qué gente tan amable! ¡Qué dulzura de enfermeras! La energía no podría ser mejor —opinó Dina, que llevaba un collar de cuentas budistas y pulseras de amatistas, cuarzos blancos y coralinas.

Anna llegó al famoso hospital privado acompañada de Leonardo, sus dos hijos, su mejor amiga y la prima Bea. Llevaba una blusa turquesa que le llenaba el rostro de luz y un maquillaje sutil que realzaba el verde de sus ojos, dos grandes faroles bajo el suave pañuelo que le había regalado Leonardo y que ella se había enrollado en la cabeza al mejor estilo de Elizabeth Taylor, Faye Dunaway o Joan Crawford.

—¡Pero miren qué bien se ve hoy la señora Katz! —la recibió Lynn, la enfermera—. ¡Cómo le luce ese *look*! Y esos colores me encantan, muy alegres, muy de verano.

—Diste en el clavo—respondió ella con una cálida sonrisa.

En adelante había decidido ponerse sólo colores vivos para mantener el buen ánimo y aplacar los nervios que inevitable y furtivamente se colaban sin invitación.

—No más negro ni más gris. Al menos no de momento —agregó.

—¡Esa es la actitud correcta! —dijo Lynn—. He visto pacientes como usted que se curan o mejoran considerablemente en cuestión de meses, y a otros que llegan deprimidos empeorar y echarse a morir. La enfermedad es la misma, el tratamiento es el mismo, pero la actitud es distinta. Estoy convencida de que tiene mucho que ver.

—El poder de la mente es inmenso —añadió Dina—, y el de la palabra también.

—Y el amor —continuó la enfermera—. El amor de los suyos, que evidentemente no le falta. Y el que usted tiene para dar.

Anna se dejó pesar y tomar la presión arterial frente a sus seres queridos mientras reflexionaba sobre las palabras de la afable Lynn. Tenía tanto amor para dar, a Leonardo y a sus hijos, a sus nietas, al bebé que estaba en camino, a su madre que no tenía idea de dónde estaba su hija, a su querida prima que tanto había sufrido, a Dina, su hermana del alma, y a tantas amigas más…

Sólo esperaba vivir lo suficiente para poderlo repartir. *Vivir para contarla*, le vino a la mente el título de la autobiografía de

Gabriel García Márquez, e inevitablemente se acordó de varias cosas que la hicieron sonreír: el cigarrillo de marihuana pegado en la página 65 que se fumaría con Dina si llegaba a su próximo cumpleaños; el libro que siempre quiso escribir y que siempre tuvo una excusa para ir postergando; su lista, con los ítems tachados y tantos otros que ya no podría tachar, no sólo por falta de salud o de tiempo sino por el radical cambio de prioridades que había provocado la enfermedad.

"Tanto amor", pensó nuevamente mirando a Leonardo, que encontró sus ojos y le transmitió con un lento parpadeo la dosis necesaria de dulzura, toda su paz.

Anna pasó con su gran séquito a la sala de espera para ver a la doctora Hunt, que se había ofrecido a responder las preguntas de la familia sobre el tratamiento y las posibilidades de recuperación de Anna.

Sofía no había caído en cuenta de que se trataba de la ex de Emmanuel. De hecho sólo sabía por chismes a los que no prestó atención en su momento que el médico había dejado al mejor partido de su vida porque era un Casanova y no se iba a casar. Pero en su casa nunca habían mencionado el nombre de la susodicha.

Así que cuando lo vio llegar con una seriedad inexplicable, saludarla con frialdad y dirigirse sólo a sus padres, no supo si atribuirlo al tratamiento de Anna o a la conversación que habían tenido la víspera.

"¿Será que pasó algo más con Rafael? ¿Que se metió en problemas por lo que hizo? ¿Que algo que yo dije lo espantó?".

La puerta se abrió y todos se levantaron al escuchar el nombre de Anna Katz.

—¡Tremendo comité! —bromeó la asistente que los guió

como a estudiantes de primaria hasta la amplia sala de paredes rosa y amplias ventanas donde la veía la especialista.

—¡Buenos días! —dijo una voz imponente de mujer al cabo de unos minutos—. Qué bueno tenerlos a todos aquí. Anna, Leonardo…

La doctora Hunt saluda a cada uno asintiendo con la cabeza, a Gael y a Sofía, y a Dina y a Beatriz.

Y entonces se dirige a él y de inmediato su mirada se suaviza.

—¿Qué tal, Emmanuel? Qué gusto verte por aquí también a ti.

El ginecólogo responde con un ademán y una sonrisa que llevan a Sofía a deducir lo que todos los demás ya saben: que ambos se conocen desde hace mucho tiempo y mucho más allá del ámbito profesional.

Sofía se abstrae por un momento de la escena para lidiar con una nueva ola de celos. Tras ilusionarla con claras muestras de afecto, el médico actúa ahora casi como si no la conociera, como si de la noche a la mañana hubiera perdido todo el interés.

De verdad quiere enfocarse en la situación de su madre, no en ella y Emmanuel.

"¡Estas hormonas!", se dice con la mirada en el vacío, completamente ajena a la conversación de su familia con Hunt. "Sofía, ¡enfócate! Estás aquí para otra cosa. Además, él es tu médico. Tu ginecólogo. Y tú estás embarazada. ¡De otro! Sé realista. No hay manera de que esto vaya a funcionar".

Pero un impulso la lleva a buscar con la vista las manos de la doctora, y de momento la calma el anillo liso de platino en su anular.

—¿Sofía? ¿Alguna pregunta? ¿Alguna inquietud que pueda

responderte? —se dirige ahora a ella la doctora Hunt, con su elegante porte y su aplomo, con su carisma y la serenidad de su voz.

—Hmm… No. Gracias. Todo bien.

"¿Hmm, no gracias todo bien?", se repite Sofía y se siente como una idiota intimidada ante esa mujer brillante. "*Really? ¿Eso es lo mejor que se te ocurrió, periodista?*".

—Muy bien. Entonces manos a la obra —le dice Hunt a Anna y Leonardo—. Los veo en una semana. Ahora quedan al cuidado de Lynn. Cualquier cosa no duden en llamar.

Mientras la enfermera preparaba a Anna en el cubículo acompañada de Leonardo, Gael aprovechó para salir a llamar a su familia, Dina invitó a Beatriz a desayunar al café de la esquina y Sofía se quedó a solas, con Emmanuel.

—Impresionante la doctora Hunt—le dice ella buscándole conversación.

—Sí, una mujer muy especial, sin duda —responde él.

Sofía se toma unos segundos para procesar esas palabras y piensa que probablemente sea mejor dejarlo así, no saber más del tema, mejor no seguir. Pero ha perdido el control.

—Se ve que te tiene aprecio. ¿Se conocen hace mucho?

Emmanuel se da cuenta de que ella de verdad no sabe quién es la doctora.

—Sofía —le dice sin rodeos—, la doctora Hunt es Silvia, mi ex. Pensé que lo sabías. Todo el mundo lo sabe. Tus padres lo saben muy bien.

—No, no lo sabía. Pero por sus miradas algo así me imaginé —le contesta sin querer, su boca haciéndole caso omiso a su cerebro, guiada sólo por su corazón—. Ahora entiendo… No, nada, nada.

—¿Ahora entiendes qué?

—Tu frialdad al saludarme. Parecías otro. Quizás te pusiste nervioso al verla. Quizás todavía es alguien importante para ti.

—Sí lo es —admite él con toda honestidad y a Sofía se le encoge el corazón—. Silvia ha sido la única mujer con la que una vez pensé en la posibilidad de casarme, la única con la que tuve dudas cuando la dejé.

—¿Y por qué no lo hiciste…? Casarte.

—No era el momento… No era para mí.

—¿Todavía la quieres?

La audacia de Sofía no deja de sorprender a Emmanuel, que sonríe de medio lado y levanta una sola ceja, divirtiéndose con su reacción.

—¿Qué?

—Estás celosa.

—¿Yo, celosa? —niega ella con la cabeza, deseando que el piso se abra y se la trague la tierra de una vez.

—Tienes razón, sí estaba nervioso. Pero no por ver a Silvia; por verte a ti, aquí.

Sus palabras desatan las manchas delatoras en el cuello y el calor en su rostro le indica que ha cambiado de color.

—Hay algo que tengo que decirte, pero este no es ni el lugar ni el momento, y además me tengo que ir —agrega.

—No… Por favor. La última vez que me dejaste así terminaste dándome una de las peores noticias de mi vida y…

—Esta vez no tienes de qué preocuparte. Ya sabes que tu bebé viene bien. Vamos, cambia esa cara. Te llamo apenas pueda, ¿okey?

Sofía acepta el discreto beso en la mejilla y mira a Emmanuel a los ojos una última vez antes de que él desaparezca en el ascensor. De inmediato oye la voz de Lynn diciéndole que su madre está lista, que ya puede pasar.

"Silvia ha sido la única mujer con la que una vez pensé en la posibilidad de casarme", repite para sus adentros mientras le sonríe a la enfermera. "Pero no estaba nervioso por verla a ella, sino a mí… Pfff…".

Anna recibe a su hija sentada junto a la única ventana de la sala. Un rayo de luz le rodea la cabeza como un halo en una visión realmente angelical; el colorido pañuelo descansa ahora sobre sus piernas.

Sofía siente un nudo en la garganta ante esa poderosa imagen que la devuelve abruptamente a la realidad.

—¿Cómo te sientes, mamá? —susurra agachándose a su lado.

—Bien. Un poco abrumada con todo esto, pero estoy con ustedes y empezando mi tratamiento, así que no podría estar mejor. ¿Cómo estás tú? ¿Cómo te sientes hoy?

—Bien también, supongo. Todavía algo confundida… Por cierto, no tenía ni idea de que la doctora Hunt era la famosa ex de Emmanuel.

—Sí, de hecho gracias a eso fue que me atendieron tan rápido. Es muy difícil conseguir una cita aquí. De no ser por Emmanuel, que se atrevió a llamarla después de tanto tiempo, aún estaríamos en lista de espera. Tuvimos mucha suerte con él.

—Todo pasa por alguna razón, como dicen…

—¿Y qué te pareció la doctora? ¿Te sientes más tranquila ahora que hablaste con ella?

Sofía no quiere admitir que no oyó ni una palabra de lo que les dijo Hunt. Cuando se abstraía en sus ideas era capaz de perderse en su propio mundo sin que nadie se diera cuenta. La mirada estaba ahí, pero la mente volaba en otras direcciones.

—Se ve que sabe lo que hace —se limitó a decir—. Y si Emmanuel hizo el esfuerzo de traerte aquí debe ser porque piensa que es la mejor.

—Así es. No podríamos estar en mejores manos. Tenemos que tener fe.

Sofía le regaló a su madre una sonrisa y un beso y se sentó junto a su padre, que había mantenido la mirada en una página central del *New York Times* mientras escuchaba la conversación.

Poco después Gael lo relevó y Anna pudo compartir un rato a solas con sus hijos; en los últimos años ocurría tan poco que podía contar esos encuentros divinos con las manos.

—¿Puedes creer que tu hijita está embarazada? —le pregunta Gael posando las manos sobre los hombros de esa niña que siempre había protegido a capa y espada hasta que ambos crecieron y ya no pudo.

—La verdad es que ni yo misma me lo creo —dice Sofía, que ha captado cierta ironía en el tono de su hermano y teme saber hacia dónde va la conversación.

Pero Anna se da cuenta y la rescata desviando la atención con recuerdos del pasado, con las travesuras que hacían juntos, las veces que se escondían entre la ropa de las tiendas para protestar porque los había llevado de compras en contra de su voluntad y la desesperación de ella buscándolos.

—¡Me volvían loca! —dice Anna riendo y haciéndolos reír—. Pero no cambiaría ni un segundo de mi vida con su padre y con ustedes.

—Creo que llegó la hora de avisar en mi trabajo que estoy

embarazada —dice Sofía vislumbrándose a sí misma como madre—. Y también a Claudia y Natalia. Se van a caer pa' trás cuando se los cuente.

—¿Para cuándo esperas? —le pregunta Gael con una mirada que no puede ocultar su frustración.

—Para el 24 de enero.

El silencio fue el preludio de un sermón que Sofía ya no podía eludir más.

XXV

La casa estaba repleta de flores, frutas y mensajes que habían ido enviando o trayendo amistades, familiares, ex colegas, vecinos y otros conocidos. Las muestras de afecto eran abrumadoras y le infundían a Anna fuerza y alegría, aunque no siempre tenía la energía para atender llamadas o recibir visitas. Si fuera por ella, pasaría todo el día en pijama.

Sobre todo cuando volvía de las sesiones semanales de quimioterapia, que cada vez la dejaban más agotada y con dolores de cabeza más intensos, y que empezaban a pasarle factura a su estómago y a su piel, a sus uñas y a sus vellos.

—Nunca antes había apreciado tanto los pelos de mi nariz —le comentaba moqueando con humor a su marido.

Sufría, pero no hablaba de ello, ni siquiera con Leonardo o con Dina. Tenía que mantenerse fuerte, no podía fallarle a sus seres queridos. Mucho menos a Sofía, que al día siguiente de anunciarle al mundo su embarazo pudo respirar de nuevo y dejar a la vista su creciente redondez. Hacía planes a corto y largo plazo con su madre y el bebé como si no hubiera ningún riesgo, sin temores.

Pero Anna sí que los tenía. Con cada quimio sentía corrientazos bajo la piel del seno enfermo y se imaginaba la batalla celular que se libraba allá adentro, pero nadie podía garantizarle que el tratamiento estuviera surtiendo efecto. No se atrevía a mirarse bajo el sostén, y aún faltaban semanas para los próximos exámenes.

"Sensación contradictoria esta quimio: sentirse cada vez peor y suponer que una se está mejorando", pensaba, con la esperanza de que todo ese sufrimiento estuviera valiendo la pena, mientras en la intimidad de su casa hacía los ejercicios de meditación y afirmación que le enseñaba Dina, bebía los jugos de verduras que le preparaban Leonardo o Beatriz y tomaba agua de una jarra con siete pequeñas piedras de colores que simbolizaban los siete chacras y que según Dina servía para equilibrar sus energías.

"Un granate rojo para Muladhara, el chacra basal, el centro energético que nos provee la energía vital, ubicado entre el ano y los genitales, en la base de la columna; una coralina naranja para Svadhistana, el chacra del sacro, ubicado debajo del ombligo y relacionado con la energía creativa; un citrino amarillo para el chacra Manipura, o del plexo solar, el centro energético relacionado con la confianza en uno mismo, ubicado ligeramente por encima del ombligo; un cuarzo rosa para Anahata, el chacra del corazón, relacionado con el amor incondicional y espiritual; una aguamarina para Vishuddha, el de la garganta, el centro energético de la creatividad y la comunicación; un lapislázuli para el chacra Ajna o frontal, 'el tercer ojo', en el entrecejo, relacionado con la intuición, la clarividencia; y un cuarzo blanco para el chacra Sahasrara, el de la coronilla, relacionado con la consciencia pura", le había explicado su amiga.

Leonardo no creía en esas cosas, pero como daño tampoco hacían, no se molestaba en contradecirla. Además, sí creía en el poder de una mente positiva, y si todas esas piedras y ejercicios ayudaban a su esposa a sentirse mejor, pues bienvenidas.

Anna continuó trabajando en algunas traducciones para mantener la mente ocupada y trató de seguir haciendo ejercicio, pero pronto tuvo que cambiar las carreras por caminatas, reducir las distancias y alternar con yoga. Por la vulnerabilidad de su sistema inmunológico y la dieta estricta, era poco lo que salía. Evitaba los lugares concurridos para no pescarse una gripe y, a su pesar, comprendió que no podría acompañar a su hija a las clases de Lamaze y yoga a las que con tantísima ilusión la había invitado.

Uno de los pocos sitios concurridos adonde no pensaba dejar de ir era la sinagoga, le advirtió a Leonardo.

—Tengo que estar ahí al menos en Yom Kipur —dijo en referencia al Día del Perdón, el más sagrado de todos, en el que cada año se ayunaba y se pronunciaba la plegaria de *Izkor*, para elevar las almas de los seres queridos fallecidos.

El rabino Cohen y su esposa Miriam la habían llamado y habían venido de visita, y sabía que ellos y otros feligreses rezaban a diario la *Refuá Shlemá* por su pronta y completa recuperación, cosa que aunque no era muy religiosa agradecía de corazón.

Además, ¿qué excusa iba a darle a su madre nonagenaria, a la que se encargaba de llevar siempre a la sinagoga en esas fechas? Su madre. El viernes anterior, en la cena de Shabat, le había hecho un comentario sobre lo cansada que se veía y le había preguntado por qué no se quitaba ese turbante de la cabeza.

—¿Por qué escondes tu cabello, si es tan bonito?

—Está de moda, mamá —le respondió ella.

—No se te vaya a ocurrir usarlo en la boda de Sofía.

—No mamá, no te preocupes...

Era duro constatar que mezclaba unas cosas con otras sin ninguna coherencia. La noticia del embarazo de Sofía le entró por un oído, la hizo feliz unos minutos, y le salió por el otro. Luego hizo un comentario acerca de lo hermosa que había estado Sofía en su boda, aunque el estado marital de su nieta no había cambiado. A Anna, al menos, la reconfortaba no verla sufrir a causa de su cáncer. También verla conservar el buen humor, al igual que su reciente afición a la cerveza fría.

Por esos días Anna revisó su lista, y sustituyó algunos ítems como correr el maratón de Nueva York por reclutar a su familia para la *Caminata Avon contra el cáncer de seno*, un recorrido anual de algo más de 63 kilómetros en dos días que se realizaría en la ciudad en octubre, a beneficio de 16 organizaciones locales.

Filantropía. Era algo en lo que pensaba continuamente durante sus sesiones de quimioterapia y meditación. Quería curarse y ayudar a otros que estuvieran pasando por lo mismo a sobrellevar su situación, a otros menos afortunados que ella, ya fuera por escasez de dinero o falta de amor. Quería devolver de algún modo todo el apoyo y el cariño que recibía de los suyos, todo ese calor.

"Quizás dando charlas, quizás con una fundación", se imaginaba a sí misma en una nueva misión de vida que aún no tenía definida del todo, aparte de que estaba condicionada, como todo lo demás, a su propia curación.

En el hospital había conocido a una mujer unos diez años

más joven que ella que tímidamente le había echado flores. Salía de su quimio con Leonardo, cansada pero bien vestida y arreglada, cuando se tropezó con ella y con su hijo, que en unos meses iba a graduarse como arquitecto de la Universidad de Syracuse y había ido a acompañarla en esos días.

Acababa de enterarse de que estaba enferma y se lo dijo al oído a Anna como si hubiera cometido un delito. Dentro de unos días iba a empezar el mismo tratamiento que ella.

—La verdad estoy aterrada —le confesó.

Y cuando le preguntó si el tratamiento era tan fuerte como temía, Anna no se atrevió a decirle que en su caso algunos días habían resultado aún peores de lo que había imaginado.

—No te preocupes —le dijo con una sonrisa tierna—. Una tiene sus días, pero en general no es tan malo como parece.

Se quedó conversando unos minutos más con Bianca y terminaron intercambiando teléfonos para mantenerse en contacto y deseándose suerte.

—Si pudiera ayudarla a ella al menos —le dijo a Leonardo.

Y aferrándose a esa idea, sumó un fuerte motivo más a su lucha contra la muerte.

XXVI

Sofía ve la imagen de su hermano en su iPhone, que está en modo de vibración, y le envía un mensaje de texto diciendo que no puede atenderlo ahora mismo, que está en una reunión.

—Entonces así quedamos. De aquí a enero tienes que dejar a Lorena entrenada para que te cubra esos tres meses. Y advertir de tu ausencia a los publicistas y contactos pertinentes.

—Cuatro —acota Sofía, asintiendo con la cabeza a todo lo que su jefe le ha dicho.

—¿Perdón?

—Cuatro meses, con las vacaciones.

—Cierto. Cuatro —repite él y apunta el tiempo correcto en una pequeña libreta—. Nos vas a hacer falta, Sofía. No te olvides de nosotros, regresa pronto.

—Todavía no me voy —le guiña ella el ojo—. Pero en serio, yo también los echaré de menos. Nunca me había tomado tanto tiempo…

—El tiempo se pasa volando. Disfruta tu maternidad al máximo. Te lo mereces.

Sofía sale de la oficina rumbo al consultorio de Emmanuel para su revisión de los cuatro meses. Han pasado más de tres semanas desde que se vieron en el hospital y él quedó en llamarla pronto pero nunca lo hizo. También pasaron más de tres semanas desde su discusión con Gael y todavía sentía el sabor amargo que le había dejado su reacción.

—¿¡Casado!? ¿¡Y con hijos!? —Su hermano puso el grito en el cielo una vez que logró sacarle a cuentagotas quién era el padre del bebé—. ¡Con razón no querías decirme quién era! ¡Ay Sofía! ¡En qué lío te has metido!

Esa mirada de desilusión. Gael la celaba más que su propio padre. Tan brillante en los estudios y tan bueno en los deportes, tan popular en la escuela y tan querido por la familia. No había meta que no consiguiera, excepto ver con una pareja estable a Sofía. Ese había sido siempre su mayor motivo de frustración, el detonante que había resquebrajado la extraordinaria relación entre los dos.

Cuántas salidas no organizó Gael para presentarle a un buen partido y cuántas veces no lo dejó ella plantado para irse con otro a ver "un partido mejor en el Yankee Stadium" o "por televisión", como le decía Sofía en chiste para molestarlo. Era un imán de picaflores a los que terminaba dejando si ellos no le partían antes el corazón.

Sofía decide no devolver aún la llamada. Bastante tiene ya en la cabeza con su inminente reencuentro con Emmanuel.

"¿Por qué no me habrá llamado?", no ha podido dejar de preguntarse, recordando que "esta vez no tenía de qué preocuparse" para conservar la calma y mantener la atención enfocada en otras cosas.

El corazón comienza a latirle más fuerte en cuanto pisa el

consultorio. Saluda a Verónica, toma el recipiente para muestras de orina y se encierra en el baño para cumplir con la prueba rutinaria inapelable.

Está nerviosa, pero el reflejo de su barriga en el espejo la distrae unos segundos e incluso logra hacerla sonreír. "¿Cómo serás?", se dice rodeándose el vientre con ambas manos, ansiosa de sentir una primera patadita, una nueva forma de comunicación con su bebé. "¿Quién serás?".

Sofía sale del baño y Emmanuel la sorprende esperándola junto a la puerta.

—Me dijo Verónica que llegaste. Quería saber cómo estás.

Sofía no tiene que pronunciar palabra. Su mirada dolida lo dice todo: "¿Cómo crees que voy a estar?".

—Lo sé, te debo una disculpa, no pude llamarte. Ve a la sala dos que Rita te está esperando para pesarte y tomarte la tensión. Luego pasa para acá —le dice señalándole la sala número tres.

Sofía obedece a Emmanuel pero siente una gran incomodidad. Si las cosas siguen así tendrá que buscarse otro doctor. Pero a quién, y cómo, por dónde comenzar. Emmanuel llevaba viéndola ya una década, la conocía casi tanto como sus mejores amigas y lo había arriesgado todo por ella yendo a buscar quién sabe cómo la sangre de Rafael.

—Ahora sí que estamos progresando —le dice Rita anotando en el historial el kilo y medio que ha subido—. Estamos comenzando a ganar peso a un buen ritmo. Me alegra que te estés alimentando bien.

—Tengo mis días, pero definitivamente estoy comiendo muchísimo mejor.

Sofía pasa a la sala número tres, la única equipada con una

máquina de ultrasonido, y la invade un nuevo temor: quizás algo no ande bien con su bebé y el silencio de Emmanuel se deba otra vez a algo así.

—¿Todo bien? —le señala la máquina al verlo entrar.

—Acuéstate. Vamos a ver.

Sofía se recuesta en la camilla y Emmanuel le sube la camisa y le baja un poco el pantalón para dejar expuesta la totalidad de su barriga. Con una cinta métrica le mide el diámetro del útero, desde la parte más baja, sobre su pelvis, hasta la más alta, encima del ombligo. Luego coge el *doppler* para escuchar el corazón del bebé.

—¿Ves? —le dice al cabo de buscar unos segundos—. Todo bien.

El sonido galopante, acompañado por el palpitar de su propio corazón y el flujo sanguíneo, le devuelve de inmediato la paz y al ver la sonrisa de Emmanuel siente de nuevo esa inquietante corriente entre ellos, ese chispazo que sin querer se encendió en medio de la locura de su embarazo y la enfermedad de su madre y que sabe que él también sintió.

—¿Por qué no me llamaste? —dice finalmente—. Me tenías asustada.

—Quieres saberlo todo, ¿verdad?

Sofía asiente abriendo bien los ojos.

—Está bien, te lo voy a decir. Pero tienes que prometerme que esto no saldrá de aquí, que no vas a armar un escándalo y que me escucharás hasta el final.

Sofía se acomoda la ropa y se sienta en la camilla, ligeramente por encima de Emmanuel, y se compromete a escucharlo y a callar.

—Tu papá me llamó. Estaba preocupado por ti. Dijo que

no había que tener dos dedos de frente para darse cuenta de que algo había entre nosotros y que eso no podía ser, que le hiciera el favor de mantenerte al margen de mi vida personal.

Sofía abrió los ojos con absoluta incredulidad y la rabia hizo que se le brotara la vena en el centro de la frente. ¿Cómo se le ocurría a su padre avergonzarla así? ¡A su edad! ¡Ni siquiera cuando era adolescente se había inmiscuido en sus cosas!

—Sofía, escúchame, tu papá hizo eso por una sola razón y es el más puro amor de padre. Sabe que has sufrido mucho y también conoce mis antecedentes. ¿Qué crees? ¿Que yo tampoco tengo miedo? Me aterra la idea de poder hacerte daño, mucho más en tu situación. Por nada del mundo quisiera romperte el corazón.

—Entonces es verdad. Sí sientes lo mismo que yo.

—Sofía, tu papá tiene toda la razón. Le prometí que, de momento, íbamos a mantener nuestra relación paciente-doctor. Que yo no iba a iniciar nada hasta no estar cien por ciento seguros y si acaso sólo después de que nazca tu bebé.

—¿Pero sientes lo que yo siento cada vez que te veo o no?

—Sofía, me gustas mucho, muchísimo. Hace tiempo no me sentía así con nadie pero no quiero ilusionarte ni quiero ilusionarme yo y que esto termine acabando con una excelente relación. ¡Míranos! Ni tú ni yo hemos podido mantener una sola pareja. No te quiero hacer sufrir más de lo que ya has sufrido, no quiero ser yo quien sume más dolor a tu dolor.

—¿Qué es lo que querías decirme ese día antes de irte, en el Sloan Memorial?

Emmanuel se queda mirándola en silencio.

—No me lo vas a decir.

—Ya no tiene importancia. Por ahora no. Sofía... ¿qué tal

si nos concentramos ahora en tu madre y tu bebé? ¿Qué tal si por una vez cada uno se toma las cosas con calma y deja que el tiempo nos diga, que nos guíe el alma y no la piel? Quiero acompañarte como médico en lo que te queda de embarazo y si existe algo más entre nosotros no podré hacerlo. Quiero atender tu parto y asegurarme de que tú y tu bebé se encuentren bien.

Sofía cierra los ojos para contener las lágrimas, se encomienda a esa esperanza de que en un futuro ocurra algo mejor, y lo mira de nuevo para darle la razón.

—¿Te gustaría saber si es niño o niña? —dice él.

La pregunta les cambia el ánimo a los dos. Sofía no se esperaba un nuevo ecosonograma hasta la semana veinte, cuando le harían la ecografía morfológica, la más importante y exhaustiva de todas.

—No te prometo que lo descubramos hoy —acota su doctor—. Todo depende de la posición en la que esté, que se deje ver.

Sofía se acuesta, se levanta otra vez la camisa y se baja un poco el pantalón. Emmanuel le unta el frío gel azul en la barriga y comienza a buscar con el sensor. Sofía ve por vez primera un bebé perfectamente bien formado que ya no cabe entero en la pantalla.

Emmanuel va descubriéndolo por partes y le señala un pie, una manita, un perfecto perfil, y ella no despega los ojos de la imagen, fascinada con lo que su propio cuerpo ha sido capaz de crear en tan poco tiempo.

—¡Bingo! —dice de pronto él complacido—. ¿Estás segura de que quieres saber?

—Sí —responde ella con un cosquilleo en la boca del estómago, con los ojos tan brillantes que Emmanuel se refleja en ellos.

Emmanuel imprime una imagen de la ecografía con una flechita señalando los genitales y le ofrece a Sofía un libro con fotos explicativas para que ella misma lo pueda descifrar.

Sofía escanea rápidamente las imágenes, que va comparando con la que tiene en la mano, y pronto intenta controlar su regocijo con los dedos, cubriéndose los ojos para contener el llanto, completamente conmovida por lo que acaba de descubrir.

—¿Estás bien? —le pregunta él sin sospechar el por qué de su reacción.

—Mi mamá se va a poner feliz.

Y agradeciéndole por todo lo que ha hecho por ella y su familia, Sofía le da a Emmanuel un abrazo y un beso en la mejilla y se va con la nueva fotografía de su bebé guardada en un bolsillo de la camisa, cerca del corazón.

XXVII

Beatriz lee una vez más la invitación y siente las lágrimas corriéndole por las mejillas, pero esta vez son lágrimas de felicidad: la invitación es al cumpleaños de su nieto. Por primera vez pasará con él su gran día.

El avión ha iniciado el descenso al Aeropuerto Internacional de Raleigh/Durham y Beatriz se toma unos momentos para admirar el plano general de plantaciones en otoño: grandes sembradíos cuadriculados de tabaco y de batata, como una colcha hecha de parches a lo lejos.

A los lados de una larga carretera, los árboles de hoja perenne contrastan con otros que han cambiado de color para anunciar que pronto perderán las suyas. Es un paisaje hermoso en tonos terracota. La ciudad no puede verse, pero Beatriz sabe que está cerca y se emociona.

No se había percatado de lo bien que le vendría volver a escaparse unos días de Nueva York. La imagen deteriorada de Anna, por más fuerte que ella se mostrara, comenzaba a afectarla. Nunca se había imaginado que llegaría a verla así. Tenía fe en que sobreviviría, pero no podía olvidar la maldición de su familia, el hecho de que su prima tenía justo 64 años y se enfrentaba a un cáncer metastásico.

Beatriz se sentía recorriendo un camino hacia la redención. Desde ese primer viaje a Wake Forest en el que sanó esa profunda herida con el perdón sincero de su hijo y se dejó llenar de amor por él y su familia, se convirtió en la mejor suegra y abuela que podía ser. Incluso se reconectó con sus demás hijos y nueras, y con sus otros seis nietos, a los que ahora intentaba llamar al menos una vez a la semana, antes de Shabat.

Lo había aprendido de Anna en medio de su enfermedad. No había viernes que su prima no viera a su madre y a Sofía y hablara al menos por teléfono con Gael, Rebeca y las mellizas. No importaba cuán cansada, cuán adolorida, siempre se mostraba de buen ánimo ante ellos, siempre les decía que se encontraba bien.

¿Cómo iba a seguir ella lamentándose frente a su prima? ¿Cómo iba a seguir hablando de supuestos achaques que en realidad estaban sólo en su cabeza? Tenía que volver a hacerse fuerte. Tenía que desenterrar a esa mujer emprendedora que se había derrumbado con las torres ese 11 de septiembre y que durante años no había querido o podido reanimar.

Hasta meditación aceptó hacer a pedido de Anna, con la que además empezó a salir a caminar, en una especie de terapia que indudablemente contribuía a su propia sanación.

—Anda, Bea, ve —la convenció Anna entusiasmada cuando le mostró la invitación con el boleto que Elliott le mandó—. ¡Si no has parado de ayudarme! Además, le prometiste a Daniel que estarías ahí. Si no aceptas me vas a hacer sentir culpable a mí.

—Pero no sé, Anna, ¿diez días? No quiero dejarte sola así tanto tiempo.

—¡Si lo menos que estoy es sola! Aquí están Leonardo y Sofía y a cada rato alguna amiga viene a visitarme. De verdad, prima, no tienes de qué preocuparte. Me va a hacer mucho más feliz que vayas y pases el cumpleaños de Daniel con él. Y hasta deberías ir pensando en pasar el tuyo allá. Ya es hora de que lo celebres y yo este año, bueno, no te lo podría organizar.

Su cumpleaños. Era una fecha que desde los 64 había pasado por alto y que ese año, exactamente una década más tarde, por primera vez sentía que quizás podía celebrar.

—¡Abuelita! —salió corriendo Daniel a recibirla al verla llegar. Traía un pequeño ramo de zinnias coloridas y los ojos llenos de ilusión.

—¡Pero qué belleza de flores! —le dijo Beatriz recibiéndolo entre sus brazos—. Gracias Danielito. No sabes lo feliz que me hace estar hoy aquí contigo. ¡Feliz cumpleaños, mi amor! En la casa te doy tu regalo.

El niño suelta una risita pícara y Elliott le quita a su madre enseguida la maleta y le da un abrazo de bienvenida al que le sigue un tercero de Lisette.

—Bienvenida, Bea. Gracias por venir.

—Gracias a ustedes por esta invitación. Estar de nuevo aquí es el mejor regalo que me han podido dar.

En el camino hacia Wake Forest, Beatriz les habló a Elliott y Lisette de la fortaleza de espíritu de Anna y de lo mucho que habían compartido últimamente, lo mucho que habían reído y llorado juntas, meditado y caminado. En sus palabras, Elliott reconoció algunos trazos de la madre alegre y amorosa que había perdido hacía tanto tiempo y, en medio de su felicidad, no pudo evitar pensar en la ironía de que su prima hubiera tenido que enfermarse para que él recuperara a su mamá y la propia Beatriz se recuperara a sí misma y retomara la vida que había enterrado hacía casi una década.

En la casa la esperaba una gran sorpresa que él y Lisette estaban seguros de que la iba a conmover aún más: sus tres hermanos y las cuñadas la aguardaban con sus hijos para celebrar.

—¡SORPRESA! —gritaron todos al unísono cuando Beatriz entró por la puerta a la sala repleta de globos inflados con helio y un cartel de bienvenida atrás, mientras los flashes de un par de cámaras la cegaban por momentos.

Anna había sido cómplice del plan. Sin levantar la más mínima sospecha, convenció a Beatriz de que viajara el mismo día del cumpleaños para dar tiempo a todos los hijos de llegar y le regaló una linda blusa para que se la pusiera en esa ocasión tan especial.

Beatriz no pudo hablar durante varios minutos. Apenas negaba incrédula con la cabeza, conteniendo en vano un nuevo brote de lágrimas, con los pies como clavados en el suelo.

—¿Mamá? ¿Estás bien? —le preguntó Gabriel, el mayor de sus hijos, preocupado de que la impresión hubiera sido demasiado fuerte.

Beatriz asintió, aún con un nudo en la garganta, mientras Elliott la llevaba de la mano hasta el sofá y Lisette corría por un vaso de agua fría. Todos aguardaban en silencio, preguntándose si habría sido buena idea sorprenderla de ese modo a su edad.

—Estoy bien —pronunció ella finalmente con la voz entrecortada—. Me parece que estoy viviendo un sueño. Desde que nació Daniel no los veía a todos juntos, y a ustedes cuatro sólo los había vuelto a ver en momentos de desgracia. Es increíble que hayan venido a verme todos en un día como hoy. Es el mejor cumpleaños de mi vida, aunque sea sólo una invitada. Gracias a todos. No tengo palabras. Lástima que no esté aquí su papá.

Poco a poco, Beatriz fue recibiendo besos y abrazos de cada hijo, de cada nuera, de cada nieto. "¡Qué grandes están todos los niños! ¿En qué momento crecieron?", se preguntó con desdicha al comprobar todo el tiempo que había perdido y con la alegría de sentir que estaba empezando a recuperarlo.

—Te tenemos un regalo —le dijo Daniel mientras Lisette le acercaba una pesada caja blanca atada con una cinta roja de satén que terminaba en un gran lazo.

—¿Un regalo? ¡Pero si yo no soy la que cumple años!

—Esperamos que te guste —le dijo su hijo Andrés—. ¡Y sobre todo que lo uses!

Beatriz se sintió de nuevo como una niña. Ni en su Bat Mitzva, ni en su gran fiesta de 64, se había emocionado tanto.

Desató el lazo con cuidado, quitó la cinta adhesiva en los costados de la tapa y, con una gran sonrisa, sacó el contenido para exhibirlo: un par de zapatos de bolos exactamente de su número y una pelota azul marino de 11 libras personalizada con sus iniciales y con la inscripción "*LIVE*. VIVE".

—Esta tarde vamos todos a jugar. ¿Quieres recostarte un rato a descansar? —le dijo Elliott.

—Mis queridos hijos, me he pasado los últimos diez años descansando. Lo que menos quiero hacer ahora es descansar. ¿Quién se anima a ir a la bolera de una vez? A ver si alguno de ustedes me puede ganar.

Poco se imaginaba Beatriz Rosen cuánto más estaba a punto de cambiar su vida.

XXVIII

El despertador sonó más temprano que de costumbre y Anna lo apagó desde la cama acostada boca arriba, con la mirada perdida en algún punto del techo. Había pasado una nueva noche de desvelo, como las tres o cuatro anteriores. Esa mañana le hacían los primeros exámenes desde el comienzo del tratamiento tres meses atrás, y en unos días Leonardo y ella se enterarían de quién iba ganando la batalla dentro de su cuerpo, si la enfermedad o la medicina.

En principio había dos posibilidades: o la quimio había contenido el cáncer o el cáncer seguía diseminándose, decidido a arrebatarle la vida. La angustia los carcomía.

—¿Qué hora es? —le pregunta su marido, no menos trasnochado.

—Las seis y media.

—¿Por qué tan temprano?

—No sé. Quería meditar un poco antes de irnos.

Anna entra al baño, se lava la cara y los dientes y se queda unos minutos mirándose al espejo. "Qué mal", piensa de aquella mujer calva con el rostro hinchado que le devuelve la mirada. "¿Quién eres? ¿Nos conocemos?".

Leonardo entra tras ella y le rodea la cintura con un brazo. Sus manos se entrelazan, Anna apoya la cabeza en el hombro de su esposo y, en el espejo, marido y mujer cruzan sonrisas casi imperceptibles, promesas mudas expresadas sólo con los ojos.

Anna se sienta en la esquina del cuarto reservada a la meditación y cierra los ojos al tiempo que intenta repasar todo lo que le ha enseñado Dina. "Difícil tener mente positiva en un día como éste", respira profundo. "Cómo encontrar la palabra correcta que tengo que pronunciar y repetir para sentirme mejor".

Leonardo se sienta frente a ella unos minutos después y ella se da cuenta, pero no abre los ojos. Teme exteriorizar sus miedos, perder el foco, arriesgarse a comenzar un día tan decisivo con el pie izquierdo.

Leonardo la interpreta a la perfección. Sabe que necesita y agradece su presencia del mismo modo en que agradece y necesita su propio espacio para sanar. Con gran cautela, espera unos minutos antes de posar su mano sobre la de Anna, que recibe un poco de su paz y la acoge en su interior.

Leonardo se acerca aún más para besarle los párpados, y ella sonríe autorizándolo a seguir, a acariciarle también los pómulos y la nariz con su nariz. Lejos de infringir su espacio, el contacto íntimo la hace sentirse amada, necesaria aun en estas circunstancias.

Anna elige el verde esperanza para la ocasión. Se arregla la cara lo mejor que puede y envuelve con destreza su cabeza desnuda con uno de los lindos pañuelos que Leonardo le regaló.

—Te ves bien —le dice él finalmente cuando le abre la puerta del Prius para llevarla al hospital, disimulando ya por hábito la angustia, su gran dolor—. Me gusta ese color.

—Si este pañuelo pudiera absorber toda esta preocupación —le dice ella a su marido, que apenas sonríe.

Al cabo de cuatro horas de silencio, una tomografía exhaustiva y un ecocardiograma, ambos recorren de nuevo la autopista Franklin Delano Roosevelt por la orilla del East River, esta vez en dirección norte, de vuelta a Scarsdale.

Anna mira callada el paisaje por la ventana evitando a toda costa su imagen en el espejo retrovisor. Encuentra fascinante seguir el reflejo de los edificios en el agua mientras el paisaje alrededor se distorsiona al verlo de soslayo por la alta velocidad a la que van.

—No puedo creer que vayan a darnos los resultados justo para Rosh Hashaná— le comenta a Leonardo aún con los ojos clavados en el agua y la esperanza de que ese día las noticias sean tan dulces como la comida típica del Año Nuevo judío.

—¿Estás segura que quieres hacer la cena en casa? El miércoles también te toca quimio y estarán tu mamá y los chicos. Podemos cancelarla. O al menos pedir comida a domicilio en vez de ponernos a cocinar…

—Ni hablar. Cocinar nos va a hacer bien, ya verás. Y no te preocupes tanto que esta tarde Sofía quedó en venir a ayudar.

Anna se pasó los dos días siguientes indicándoles a su esposo y a su hija qué comprar, qué preparar y cómo. Aunque le habría gustado cocinar ella, como siempre, un agotamiento tremendo se había apoderado de su cuerpo, que ahora le pedía descanso a gritos.

Además, ver a Leonardo y Sofía divirtiéndose por primera vez juntos en la cocina era una escena memorable que la transportaba a las lecciones de cocina con su papá, aunque las especialidades judías de esa noche las había aprendido de su madre.

Padre e hija se las arreglaron para no sucumbir ante el *gefilte fish* y el pollo al vino con ciruelas, el estofado de zanahoria con azúcar y canela, el *kugel* de calabaza y la torta de miel, entre otros platillos deliciosos.

—¡Ufff! Ahora toda la casa va a oler a pescado por un mes —dijo Sofía mientras su padre molía los filetes de trucha y de merluza para el *gefilte fish*, y ella picaba cebolla y zanahoria y alistaba cuatro huevos, sal y pimienta, el azúcar y la harina de *matzá*.

—No te preocupes, en lo que hiervan las albóndigas el olor se va.

Exhaustas tras preparar aquel maratón de comida, Anna y Sofía terminaron recostadas de medio lado en el sofá, con la madre rodeando a su hija en un abrazo cariñoso y las manos de ambas posadas sobre su preñez.

—¡Ay mamá! ¿¡Sentiste eso!? —saltó de pronto Sofía.

Anna asintió con la cabeza y una gran emoción en sus ojos.

—¡Leonardo! ¡Rápido! ¡Veeen!

—¡Papá! ¡Papiii!

Leonardo vino corriendo a ver cuál era el alboroto y Sofía le guió la mano hasta el lugar donde, hacía apenas segundos, Anna y ella habían sentido juntas la primera patadita de su bebé.

—¡Ay! —exclamó él reviviendo la emoción de hacía tres décadas, cuando Gael y Sofía se hicieron sentir por primera vez en el vientre materno—. ¡Se me había olvidado esta sensación!

Los tres permanecieron inmóviles, cada uno con una mano en la barriga de Sofía, esperando otra patadita.

—¡Ahí está! —Sofía presionó con más fuerza las manos de

sus padres contra su piel, feliz de poder darles el mejor motivo para sonreír en esos momentos de incertidumbre.

—¡Qué alegría, hija! ¡Todavía no puedo creer que vayas a ser mamá!

—Yo tampoco me lo creo, mami. Yo tampoco.

Esa noche Anna y Leonardo pudieron dormir, pero poco. La angustia de los exámenes volvió a encontrarlos en la almohada, junto con el temor de recibir una mala noticia en presencia de Sofía, a quien la impresión podía afectarla más por su embarazo. Así que minimizaron la importancia de la cita y encontraron una buena excusa para dejarla en casa.

—Sofía, hija, ¿no será mejor que te quedes aquí finiquitando los últimos detalles de la cena? Tal vez volvamos tarde o nos coja tráfico y todavía hay que poner la mesa, ir a comprar el pan y el vino y sobre todo recibir a tu abuela, a tu hermano y a su familia. Yo me iría mucho más tranquila, nos harías un gran favor.

—No hay problema, mami, yo me encargo.

Ya en el hospital, Anna se somete al rutinario análisis de sangre y responde el cuestionario de Lynn sobre nuevos síntomas o inquietudes mientras la pesan y le toman la presión.

—La doctora Hunt estará aquí en cualquier momento —dice la enfermera antes de salir de la sala.

Anna y Leonardo se quedan otra vez solos.

Sentada en una esquina de la camilla, Anna busca distraerse con los autos que pasan tras la ventana, las paredes pintadas de tenue rosa melón, la puerta que a cada tanto voltea a ver, deseando que se abra; con el insensato reloj de Leonardo, en el que sólo han pasado dos minutos. "Qué lento se pasa el tiempo en este hospital", piensa y su esposo puede escucharla.

—Buenos días, Anna, Leonardo. ¿Qué tal? —aparece la admirada doctora.

—Bastante nerviosa, la verdad —admite Anna con voz algo temblorosa y su cuerpo comienza a balancearse otra vez sin pedir permiso, de atrás para adelante, de adelante para atrás.

—¿Qué haces allá arriba? —le dice Hunt—. Ven, mejor siéntate acá que hoy no te voy a examinar.

Anna y Leonardo se sientan frente a la especialista, que acomoda tres sillas en triángulo. Sus corazones palpitan con cada segundo de silencio y cada segundo les pesa como una eternidad.

—Bueno —dice Hunt tras echarle una última mirada a los documentos que ya había revisado—. Después de tres meses de tratamiento no se logró identificar ninguna nueva anormalidad; la metástasis en el húmero está en remisión.

El incontrolable vaivén de Anna se hace menos pronunciado. Aprieta con fuerza la mano de Leonardo.

—En cuanto al tumor en el pecho izquierdo —continúa la doctora—, la actividad hipermetabólica de la masa, que era de 5,9, ahora es de 1,4. Lo que quiere decir que tu cuerpo reacciona muy bien al tratamiento. Tenemos que seguir haciendo lo mismo que hemos venido haciendo.

Era la mejor noticia que podían recibir. Anna dejó de mecerse y los ojos se le llenaron de lágrimas mientras se preparaba psicológicamente para un nuevo trimestre de batalla contra una enfermedad que ahora estaba convencida de que podrían derrotar. Leonardo le acariciaba la espalda, con la vista también nublada.

Con la certeza de que tanto dolor había valido la pena, Anna recibió la nueva quimio con otro espíritu y conversó un poco mientras la solución entraba mililitro a mililitro por sus venas y la hacía sentir cansada y soñolienta.

—¡*Shaná Tová!* —Emmanuel entra a celebrar la buena nueva y los saluda con la frase hebrea con la que se desea un feliz año—. Que este sea el comienzo de un año muy, muy dulce para ustedes —añade y les tiende un cesto con manzanas y un tarro de miel, como es tradición en estas fechas.

—Gracias Emmanuel —Anna le sonríe y Leonardo le da un abrazo fraternal y unas palmadas en la espalda—. Qué lindo detalle, de verdad.

Los tres caminan luego juntos hasta la salida del hospital. Por un momento, Anna piensa en invitar al médico, pero Emmanuel ya tiene planes. Se abrazan otra vez y se dicen adiós.

En su casa, la mesa y todos los invitados aguardan a sus anfitriones: las manzanas con miel auguran un año dulce, las dos trenzas redondas de *jalá* simbolizan la circularidad del año, la cabeza de pescado su inicio y un plato con trozos de granada el anhelo de ser tan fructíferos como sus abundantes semillas.

Un ramo de finas rosas y la botella de Manischewitz completan esa mesa hermosa a la que Anna y su familia se sentarán a celebrar, ella agotada, pero llena de esperanza, sus hijos con el alivio de las buenas nuevas, y su madre y sus nietos sin la menor idea de lo que están viviendo Anna y los demás.

XXIX

Era un banquete de sonidos que le estimulaba la adrenalina y la devolvía a la juventud: las pelotas rodando a toda velocidad por la cancha, la sabrosa explosión de los pines con cada golpe y los zumbidos de la máquina que los posicionaba en un triángulo otra vez, el choque entre las bolas al regresar al punto de partida y los pasos sigilosos de los jugadores, calzados todos con esas graciosas zapatillas de cuero bicolor. Y las risas de sus nietos, sin duda lo mejor.

Beatriz celebraba el *strike* de uno de ellos cuando se percató de que un hombre la observaba desde otra cancha. El breve encuentro de sus ojos la hizo sentir extraña; hacía mucho que nadie, mucho menos del sexo opuesto, la miraba con tal intensidad. No estaba preparada para algo así, no lo buscaba ni se lo esperaba. Y sin embargo sintió también curiosidad.

Por lo que percibió de reojo y desde lejos, se trataba de un setentón bien parecido que, al igual que ella, jugaba con su familia: una pareja en la treintena o algo más y un chico de unos 11 o 12 años de edad.

Encantada entre sus hijos y sus nietos, Beatriz no sabe si

quiere mirar de frente al hombre una vez más. Pero sus ojos deciden por ella y se desvían incontrolablemente, en busca de un nuevo contacto coqueto y fugaz.

—Es tu turno, mamá —la interrumpe su hijo Andrés, y Bea coge apresuradamente la pelota y la lanza distraída, sin pensar.

—¡Canaaal! —lamentan sus nietos en coro y Daniel, que ha sido testigo de sus proezas, la anima con un ¡dale abuelita!, ¡muéstrales de lo que eres capaz!

Beatriz sonríe ante la dulzura del cumpleañero y se coloca en posición, resuelta a complacerlo, a impresionar a sus demás nietos y por qué no, al misterioso admirador.

"Vamos, Bea", se dice, sabiéndose el centro de atención por unos segundos. "Tú puedes. Concéntrate, concéntrate…".

Con la mirada fija en el fondo de la pista, calcula matemáticamente en qué ángulo y desde qué altura lanzar, da dos pasos y al tercero suelta la bola y la sigue en su rápido recorrido. El disparo se desvía ligeramente hacia la derecha y tumba seis pines que al caer tumban tres más, de modo que uno solo queda tambaleándose a la izquierda durante un instante que los mantiene a todos paralizados, conteniendo el aliento. Beatriz cierra los puños y frunce los párpados, ordenándole al pin que termine de caerse, y finalmente el pin cede al desequilibrio y se desploma.

—¡S P A R E! —gritan emocionados sus hijos y nietos, y los más pequeños saltan como conejitos a su alrededor.

—¡Bea! ¡Otro *spare*! —la felicitan Lisette y sus otras nueras—. ¡Y pensar que hasta hace poco andabas con bastón!

Con una sonrisa plena, Beatriz vuelve a sentarse a esperar su próximo turno y se decepciona un poco al ver que aquel admirador ya no está ahí. Su familia sigue en la cancha, pero él no.

Justo cuando lo daba por perdido, sus miradas se vuelven a cruzar.

Beatriz siente latir su corazón como hace mucho que no latía. El hombre se ha levantado de la silla y camina hacia ella con una expresión de duda y sorpresa, con una sonrisa simpática que le resulta familiar.

—¿Beatriz? ¿Beatriz Goldberg? —pronuncia ya ante ella, y Beatriz lo mira desubicada. Nadie la había llamado por su nombre de soltera desde que se casó con Alberto.

"¿Beatriz Goldberg? ¿De dónde me conocerá?".

Sonríe aún extrañada y busca algún rasgo conocido bajo las arrugas y las bolsas de los ojos, bajo las canas de esa barba bien cuidada que le da un aire a Sean Connery.

—Te voy a dar una pista —dice él—. Venezuela. 1951.

La voz la transportó directo al pasado. La reconoció de inmediato y, aunque por fuera se mantuvo inmóvil, algo la sacudió por dentro. Permaneció en silencio varios segundos, mirándolo incrédula, buscando en sus iris la confirmación de que realmente se trataba de él.

—¿¡Meir!? ¿¡De verdad eres tú!?

Meir asiente con una sonrisa de dientes más perfectos que los que tuvo en su juventud, cortesía de una hija odontóloga que aprovechó su postgrado para practicar con él todo lo que aprendía, y se encoge de hombros igualmente maravillado ante ese reencuentro tan improbable.

—¡Cuántos años! —dice ella, pasándose una mano por el cabello como cuando era adolescente, en la época en que lo conoció.

—Todos los años del mundo.

Beatriz no se da cuenta de que toda su familia está muda,

mirándolos. Está perdida en ese encuentro fortuito con su primer amor, el primer beso a escondidas en la esquina del colegio, la primera salida al cine y con chaperona, un novio con el que compartió seis meses hermosos hasta que él se mudó con su familia a Canadá.

Durante un año estuvieron mandándose cartas, que con el tiempo se fueron haciendo más esporádicas, hasta que se perdieron la pista y cada cual siguió adelante con su vida sin mirar atrás.

—¿Qué haces por aquí? ¿Vives en Raleigh?

—No, estoy de visita. Mi hijo menor vive en Wake Forest, yo hace mucho estoy en Nueva York. ¿Tú? ¿Vives por acá?

—Sí, hace casi cuarenta años —responde él examinando aquellos ojos grises del pasado, ahora algo más tristes pero igual de hermosos y expresivos.

—¿Papá? —lo interrumpe su hija, quien también le ofrece a Beatriz y a su familia una cálida sonrisa.

—Hija, disculpa. Beatriz, te presento a mi hija Amelie. Amelie, Beatriz, una gran amiga de Venezuela a quien no veía hace más de cincuenta años. Mi primera novia, mejor dicho.

Beatriz se sonroja aún más al escuchar esas palabras, a las que siguen graciosas risitas de algunos de sus nietos mientras las madres les hacen señas de que paren.

—Hola, soy Elliott —rompe el hielo el menor de los hijos de Bea, y los demás le siguen para dar inicio a un intercambio de apretones de manos y "mucho gustos" entre los miembros de ambas familias—. Esta noche vamos a cenar a Glenwood Grill por el cumpleaños de mi hijo. ¿Les gustaría acompañarnos?

—¡Elliott! —dice Beatriz, pensando que quizás su ex tenga

una esposa o pareja esperándolo en casa—. Meir probablemente tiene planes y...

—Me encantaría —la interrumpe él—. La última vez que celebré un cumpleaños con tu madre fue el de ella y cumplía 16. Once de noviembre, si mal no recuerdo —dice mirando a Beatriz y ésta asiente tímidamente—. Será maravilloso ponernos al día después de tanto tiempo.

—Mi marido y yo no podemos —agrega su hija—. Pero tú ve, papá. Muchas gracias por la invitación. Encantada, Beatriz. Nunca había conocido a una amiga de Venezuela de mi papá.

Los hijos de ambos se alejan para dejarlos hablar a solas un rato más. Meir la felicita por esa familia tan bonita; se alegra de que haya encontrado a un buen esposo.

—Lo fue —lo corrige Beatriz—. Alberto falleció hace casi cinco años, que Dios lo tenga en la gloria. ¿Y tú... —pregunta con algo de vergüenza, despacio, mientras siguen mirándose a los ojos— ...estás casado?

—Lo estuve, dos veces. La primera no funcionó. La segunda fue con Rosa, la madre de mis hijos. Me hizo muy feliz durante 30 años hasta que se enfermó y no hubo nada que hacer. Cáncer.

"Cáncer", se repite Beatriz y los ojos se le hacen más pequeños.

—Cuánto lo siento Meir.

—Lo mismo digo. Pero qué alegría verte. Qué encuentro tan maravilloso.

Esa tarde en el camino de vuelta a casa, Lisette, que no había podido dejar de notar el brillo en los ojos de ambos, le ofreció a su suegra llevarla a la peluquería para que la arreglaran para la ocasión. Bea no podía ni recordar la última vez que se había dado ese lujo, pero aceptó en parte por complacerla y en parte por lucir lo mejor posible esa noche.

—Simpático, tu amigo de Venezuela —comentó la nuera rumbo al salón de belleza.

Por primera vez, Beatriz tuvo la oportunidad de compartir un momento especial con ella, una salida tipo madre e hija en la que abrió su corazón y le confió los gratos recuerdos que ese amor le había dejado grabados, detalles que, aunque infantiles e inocentes, no había compartido con nadie, ni siquiera con Alberto, mucho menos con Claire.

—*Wow!* Te ves de 65 —la piropeó Meir al verla llegar al restaurante y ambos se rieron como niños, contagiando a los demás.

—Tú también te ves muy bien.

Y era verdad. Meir se mantenía fuerte y jovial física y espiritualmente, con un buen humor y una sensibilidad que a Bea le agradó reencontrar.

Ya en la cena, mientras ella saboreaba un salmón con risotto y él un mero rebosado en pistachos con verduras al vapor, Meir le confesó que años atrás, luego de la muerte de su esposa, había intentado buscarla sin saber por dónde comenzar.

—Te busqué en guías telefónicas de Caracas y Estados Unidos, te busqué hace poco en Facebook y en las páginas blancas de Internet, pero ninguna de las Beatriz Goldberg que encontré eras tú. Te desapareciste de la faz de la tierra, pero decidí pensar que eras feliz en algún lugar, con el apellido de un buen marido, y me alegra saber que no me equivoqué.

Fue una de las celebraciones más memorables de su vida. Todos sus hijos, sus nueras y sus nietos, y un compañero especial que de nuevo la hacía sentirse atractiva como mujer, feste-

jaban en un ambiente feliz y levantaban las copas por los re-
encuentros con seres queridos, de hoy y de ayer.

"El día que me muera no quiero que te quedes para vestir
santos", oyó la voz de Alberto en su cabeza mientras veía a
Meir conversando alegremente con sus hijos. Su marido se lo
había dicho varias veces en sus últimos años y Beatriz no lo
había recordado… hasta ese momento.

XXX

—No te he olvidado —recitó el rabino Cohen.

Y los congregantes respondieron:

—Aun cuando ya ha pasado un tiempo…

—Desde que vi tu rostro —continuó el rabino.

—Toqué tu mano, oí tu voz —completaron los presentes.

Era la mañana de Yom Kipur y Anna se encontraba en la sinagoga con Leonardo y su madre para el *Izkor*. También Sofía estaba allí, pero al igual que otros había salido de la sala porque esa plegaria estaba reservada para quienes habían perdido a un familiar directo: un padre, un hermano, un cónyuge, un hijo.

Dentro, ya habían terminado de rezar y ahora recitaban una oración de difuntos escrita por Naomi Levy, una destacada rabina, escritora y oradora nacida en Brooklyn, que se desempeñaba como líder espiritual de una organización religiosa en Los Ángeles. Era algo a lo que después de tantos años Anna no terminaba de acostumbrarse, una rabina. La sinagoga a la que sus padres la habían llevado de niña era mucho menos liberal e igualitaria, más tradicionalista y ortodoxa que las llamadas conservadoras en Estados Unidos. Y sin embargo, hoy le llegaban al alma esas palabras.

—A veces, en momentos fugaces, siento cerca tu presencia —recita de nuevo el rabino.

—Pero todavía te extraño —se suma Anna a los otros deudos, a la voz de Leonardo y a la de su mamá.

—Tu vida ha terminado —agrega el rabino.

—Pero tu luz nunca podrá extinguirse —responden los demás.

—Tu luz continúa brillando sobre mí.

—Aún en las noches de mayor oscuridad.

Como todos los años desde la muerte de su padre, Anna oró ese día por su alma, por la de su abuela y por la de su tía. Pero por primera vez no hizo el ayuno completo ni le pidió el pañuelo a Leonardo; aunque estaba muy conmovida, esta vez no tuvo que llorar. Quizás se debía a su debilidad física por la quimio, o a las sonrisas y saludos de tanta gente que se le acercó a preguntarle cómo estaba y decirle lo mucho que la tenían presente. Quizás porque, a los 64, se sentía más cerca de su difunto progenitor, más reconciliada con él, con Dios, con ella misma.

Había soñado otra vez con su padre esa semana, pero a diferencia de aquel sueño vívido y dramático en el que había descubierto el tumor, este había sido mucho más dulce y menos claro: un abrazo, una sonrisa, una mano tibia en la cabeza y algo que entendió como una bendición.

Anna vio salir al rabino de la sala y se apresuró a saludarlo en el pasillo. Quería desearle *Gmar jatimá tová*, la frase propia del Yom Kipur con la que se le desea al prójimo que sea inscrito en el libro de la vida. Sobre todo, quería agradecerle tantos rezos y atenciones, tanta amabilidad.

—¡Qué gusto verte, Anna! ¿Cómo estás hoy?

—Bien, dentro de lo que cabe. Mi doctora me ordenó que al menos beba agua, por la quimio, así que por ahora me siento bien, un poco débil pero hidratada.

—Recuerda que la salud es lo primero. La Torá dice que si uno está enfermo en Kipur y no puede ayunar no debe hacerlo.

—Sí, lo mismo me dijo su esposa el otro día por teléfono.

—Y después de hablar contigo me dio la buena nueva de tus primeras pruebas. Nos alegramos mucho, Miriam y yo, no sabes cuánto.

—Gracias, rabino. Aún nos queda mucho camino por recorrer, pero seguimos luchando, seguimos confiando en este tratamiento.

—Y aquí seguimos rezando por tu completa recuperación. *Hashem* es grande —dijo el rabino en alusión a Dios—. No tengas dudas, no pierdas nunca la fe.

Anna sonríe agradecida y el rabino, que estaba a punto de entrar a una sinagoga más pequeña de la misma congregación donde rezan los más jóvenes, recuerda una deuda pendiente con ella y la mira con dulzura.

—El otro día recordé lo que me comentaste del 64, y aunque como te dije no es uno de los números simbólicos del judaísmo, como el 3, el 7, el 13 o el 40, me llamó la atención que precisamente el salmo 64 sea una plegaria contra el enemigo; un cáncer, en tu caso.

Anna escucha con gran interés, pero al rabino lo solicitan en la sala; varias decenas de jóvenes esperan para oírlo hablar.

—Te imprimí una copia que está sobre mi escritorio. La

oficina debe estar abierta; si no, pídele a Miriam que te la abra. Léela cuando puedas, creo que te ayudará.

—Gracias, rabino. *Gmar Jatimá Tová.*

—*Gmar Jatimá Tová*, Anna. Y recuerda que este año no estás obligada a ayunar.

Anna asiente y el rabino Cohen desaparece tras la puerta justo cuando Sofía sale del baño con una mueca de cansancio.

—¿Qué tal si nos vamos un rato a descansar? —dice la hija, que sí está ayunando pese a su embarazo.

Emmanuel le pidió que lo hiciera sólo hasta donde pudiera y hasta ahora, aparte de la fatiga, no se sentía nada mal.

—Siéntate acá. Voy un momento a la oficina del rabino a buscar algo y luego pasamos por tu abuela y tu papá.

Ya en casa, madre e hija se acuestan juntas en la cama de Anna. Leonardo conversa un rato con su suegra hasta que ésta se retira a descansar y él aprovecha para echarle un vistazo al *New York Times*.

Anna decide esperar a que Sofía se duerma para leer el salmo que el rabino le imprimió. Durante unos minutos le recorre la espalda con esas caricias que le encantaban de niña, hasta que la ve cerrar los ojos y toma la hoja de papel.

"Señor, protege mi vida del enemigo", se titula el texto, y sin darse cuenta empieza a recitarlo en un murmullo.

"64:1 Del maestro de coro. Salmo de David.

64:2 Dios mío, escucha la voz de mi lamento, protégeme del enemigo temible.

64:3 Apártame de la conjuración de los malvados, de la agitación de los que hacen el mal.

64:4 Ellos afilan su lengua como una espada y apuntan como flechas sus palabras venenosas,

64:5 para disparar a escondidas contra el inocente, tirando de sorpresa y sin ningún temor...".

—¿Qué es eso mamá? —la interrumpe Sofía.

—Hija, pensé que estabas dormida. Disculpa si te desperté. Descansa tranquila.

—Estoy bien mamá, no estaba dormida. ¿Qué lees?

—Un salmo que el rabino Cohen pensó que podría ayudarme.

—¿Y eso?

—El otro día se me ocurrió preguntarle si el número 64 tenía algún significado particular en el judaísmo y me dijo que no, pero revisó el salmo 64 y le llamó la atención que sea una plegaria para protegerse del enemigo. Supongo que lo vio como una metáfora de mi cáncer. Me imprimió una copia y la recogí hoy.

Sofía coge la hoja y la lee ahora ella en silencio.

—Hmm. Interesante —dice y se levanta para sacar el iPhone de la cartera—. Me pregunto qué representa el 64 en numerología o si tiene algún significado especial para otras culturas.

—Sí lo tiene. Hace años averigüé.

—¿Y? —pregunta Sofía buscando de todos modos en Google "Significados del número 64".

—Encontré varias cosas, como que según el Evangelio de Lucas es el número de generaciones entre Adán y Jesucristo, que son los cuadros del tablero de ajedrez, los hexágonos del I Ching...

Sofía presta atención con los oídos mientras sus ojos escanean la pequeña pantalla plana y su dedo índice mueve el texto de arriba a abajo en busca de un enlace de interés. Encuentra una página de un tarotista y vidente llamado Eli Lanma.

—Oye ésta —le dice a su mamá—. "Para los discípulos de Pitágoras representaba el difícil camino que da acceso a la perfección. Se compone de 6 (el vínculo, la unión) y 4 (la casta, la reproducción) y su suma da 10 (la perfección). Es la potenciación de 8 (8 X 8) que significa la igualdad, por lo que interpretaban estos símbolos como el camino que se inicia y se reproduce en la igualdad y el equilibrio para llegar a la perfección".

"La perfección", se repite Anna en tono reflexivo.

—Quizás tu abuelo y los otros sintieron que a los 64 habían alcanzado cierto nivel de perfección en sus vidas, que de algún modo estaban completos y plenos, listos para partir —dice y cierra momentáneamente los ojos, como para esconder el dolor.

—Quizás —dice Sofía uno segundos después—. ¿Y tú? ¿Te sientes así?

—Menos que nunca —asegura la madre—. Entre tu embarazo y mi enfermedad… Quiero estar contigo el día que des a luz, quiero conocer a tu bebé y estar aquí muchos años con ustedes dos. Quiero ayudar a otros que estén pasando por una situación como la mía pero que no sean tan afortunados como yo. Quiero hacer mucho todavía, Sofía. Y es muy distinto de los que había escrito en mi lista apenas hace un año. Son cosas mucho más básicas y menos egoístas, cosas más espirituales las que ahora me mueven y me hacen feliz.

—Bien, entonces no leamos nada más y enfoquémonos en lo que te hace sentir bien —dice y apaga su iPhone.

—Sólo el salmo 64.

—Sólo el salmo 64 —repite con una sonrisa—. Yo también lo leeré por ti.

Anna y Sofía sucumbieron finalmente al cansancio y las horas se les pasaron sin que sintieran hambre. Cuando despertaron eran más de las seis y ya debían volver a la sinagoga para escuchar las notas del *shofar*, la trompeta hecha con el cuerno de un animal puro que marca el final del Kipur y de los diez días de arrepentimiento que comienzan en Rosh Hashaná.

—Por un buen año —le susurra Leonardo a Anna al oído mientras escuchan el dulce sonido del instrumento—. Te amo más que a mi vida —agrega buscando su alma a través de sus ojos—. Necesito verte bien.

Anna asiente con una sonrisa minúscula y lo rodea en un tierno abrazo al que Sofía se une tras ofrecerle a cada uno un trozo de torta de miel.

—Este será un año muy especial para todos —les dice a sus padres—. Van a ver.

XXXI

Cuatrocientas veinte fueron las sobrevivientes que partici-
paron ese año en la *Caminata Avon contra el cáncer de seno* en
Nueva York. Anna soñaba con contarse algún día entre ellas.

La imagen de su familia vestida toda de rosado esa madru-
gada, con una gran etiqueta al frente de cada camiseta que decía "Yo camino por Anna", la estremeció. Desde que los vio
cruzar la puerta no pudo parar de llorar. De alegría. De emoción. De gratitud. De miedo.

Leonardo y sus hijos, Dina y Beatriz caminaron esos dos
días de octubre por ella. Los más mayores dos medios mara-
tones; Gael y Sofía maratón y medio. Todos caminaron por la
misma causa, junto a más de 3.900 personas. Todos menos
Rebeca, que se quedó cuidando de sus hijas y su suegra en la
casa, pero que de todos modos se vistió ambos días de rosado.

Fueron dos días de emoción intensa para Anna y sus cami-
nantes. Más que nunca se dieron cuenta de lo acompañados
que estaban y pudieron compartir con otros que ya habían
pasado por ese trago amargo o que se encontraban como ellos
en plena batalla.

Nunca caminaron solos. Aunque por momentos alguno se

apartaba para descansar un rato, o tomar o comer algo, iban reencontrándose o hacían nuevos amigos pasajeros, desconocidos que con una mirada o un gesto los alentaban a seguir.

Mujeres, en su mayoría, pero hombres también, jóvenes y viejos, algunos en mejor condición física que otros, con camisetas con mensajes serios o graciosos, de aliento y esperanza, de concienciación o de homenaje. La energía de la multitud, la música, los vítores de la gente y las sorpresas de ver la ciudad desde otra perspectiva los mantuvieron tan entretenidos que el tiempo voló.

Desde *No permitas que el cáncer de mama se robe la 2a base*, con una pelota de béisbol sobre cada pecho, hasta *Grandes o chicas, salvémoslas todas* o *No seas perezosa, revisa tus perolas*, mucha camisetas hicieron reír a Sofía. Pero otras también la hicieron llorar, como *El camino al próximo cumpleaños comienza con un simple paso* o *En memoria de...* y toda una lista de víctimas en una misma familia.

La detección temprana salva vidas, leyó en varias pancartas sin confesarle a los suyos que desde que diagnosticaron a su madre se chequeaba en la ducha casi todos los días, aterrada de encontrarse algo.

Sofía estaba tan inmersa en la caminata que se hubiera olvidado de su embarazo de no ser por las constantes llamadas de su madre y su padre, los descansos que la obligaba a tomar su hermano y las apariciones de Emmanuel a cada tantos kilómetros para verificar que estaba bien.

—Les juro que estoy perfectamente —les aseguró mientras comía un sándwich de galletitas de salvado con mermelada de fresa y mantequilla de maní, un clásico del evento, según había escuchado.

—Sofía, todavía te faltan ocho kilómetros, ayer completaste un maratón. Ya recaudaste el dinero. No tienes que terminar esto hoy —le dijo Emmanuel a sabiendas de que ella no lo escucharía, al igual que no lo escuchó en la última cita cuando le pidió permiso para la caminata y él le dijo que le parecía exagerado para cualquier mujer en su estado.

—Todas las pruebas han salido bien y yo estoy en súper buena forma —lo contradijo entonces—. Es muy importante para mí. Anda Emmanuel. Te prometo que a la primera molestia paro.

Y fue así como él terminó acompañándola en los dos días de recorrido y ella disfrutando de toda su atención.

La marea rosada arrancó la mañana del sábado en el Muelle 84 del río Hudson y terminó al día siguiente en el mismo lugar, con una emotiva ceremonia en la que desfilaron las sobrevivientes y donde se anunció en medio de aplausos la recaudación de más de 9,4 millones de dólares para organizaciones locales de ayuda o investigación.

Desde la silla de ruedas que Emmanuel le consiguió para ayudarla a llegar a la recta final, Anna estuvo ahí para recibir a sus seres queridos junto a Rebeca y las mellizas, que sacudían con energía sus pompones fucsia contagiadas por la euforia.

Anna también se dejó contagiar por la alegría y la esperanza. Llevaba un suéter de lana blanco con un listón rosado, un pañuelo fucsia en la cabeza y lentes oscuros para disimular al menos en parte sus emociones. La ceremonia del domingo fue la coronación de un fin de semana en el que recibió fotografías de amigos y familiares en Nueva York y en Caracas, en Miami y Tel Aviv, todos con camisetas en las que decía *Me visto de rosa por Anna*. Compañeros de la secundaria a los que no veía hace años, primos lejanos a quienes ni reconoció por lo mucho que habían cambiado, decenas de personas le expresaron su apoyo ese fin de semana, después que Dina, Leonardo, Gael y Sofía hicieron correr la voz de su plan.

Fue el momento más conmovedor de su vida. Pese al amor infinito de su esposo y sus hijos, nunca se había sentido tan querida, tan importante, tan "internacional", como le dijo bromeando Sofía después.

Fue también una grata sorpresa ver llegar a la meta una cara conocida, la de la doctora Hunt. Cada año, caminaba en memoria de su abuela, por cuya muerte temprana había elegido su especialización.

—Qué gusto verte, Anna. Hace un rato vi de lejos a tu familia con sus camisetas y me imaginé que estarías aquí. Debes estar muy orgullosa —le dijo tras saludarlos a ella, a Rebeca y a Emmanuel.

—Sin palabras, de verdad. Qué te puedo decir...

Sofía cruzó la meta apenas minutos después con Gael, y el ginecólogo salió de inmediato a su encuentro, dejando a Anna con su ex.

—¿Cómo te sientes? —le preguntó Emmanuel a Sofía mientras Gael corría a abrazar a sus hijas, a Rebeca y su mamá.

—Feliz, Emmanuel. ¡Lo logramos! —le dijo dándole un abrazo corto pero fuerte—. Y no hubiera podido hacerlo sin ti. Gracias, de verdad. Gracias por cuidar tanto de mí y de mi mamá.

—Creo que deberías irte a casa a descansar. No quiero que estés ni un segundo más de pie este fin de semana, ni mañana, no quiero que vayas a trabajar. Órdenes médicas. ¿Okey?

—Okey —dice Sofía, sin poder evitar reír, y tras darle un

beso en la mejilla sale corriendo a donde está su madre y se queda inmóvil entre sus brazos, con el rostro escondido en el blanco del suéter. Sus lágrimas atraviesan la lana y le mojan a Anna la piel.

—Es tu paciente, ¿verdad? —le dice Silvia Hunt en un aparte a Emmanuel, mientras la celebración va creciendo con la llegada de Leonardo y los demás miembros del equipo de la familia Katz.

—Sssí —responde Emmanuel dudoso, a sabiendas de a dónde quiere llegar Silvia.

—Creo que no deberías seguir atendiéndola.

—¿No? ¿Y por qué?

—Por la forma en que la miras.

—A ver Silvia, ¿cómo la miro? —le dice él, tratando de disimular como un niño.

—De la forma en que siempre esperé que me miraras a mí y nunca lo hiciste. Los años se van, Emmanuel. Es una buena chica. Y te mira igual a ti.

Emmanuel voltea a ver de nuevo a Sofía, que ahora se aleja de espaldas con su familia y se vuelve un momento a buscarlo entre la multitud, y al verlo levanta la mano por última vez y le dedica la sonrisa más hermosa.

"Sí", piensa él con el corazón encogido. "Me mira igual a mí".

XXXII

Beatriz despertó en casa de Anna el día de su cumpleaños pese a que Elliott había vuelto a invitarla y su prima había insistido en que aceptara. Había decidido quedarse en Scarsdale acompañándola, pues ya estaba en la recta final del tratamiento y se encontraba mucho más débil. Le costaba levantarse, incluso caminar.

Además había pasado mucho tiempo lejos de casa en el último viaje a Wake Forest. Alentada por su hijo, se quedó unos días más para celebrar con él Rosh Hashaná y Yom Kipur, después de pasar el 11 de septiembre juntos por primera vez desde los atentados y cerrar finalmente ese capítulo tenaz.

Fue mucho lo que Beatriz compartió en ese viaje con sus hijos y sus nietos, y también con Meir. Fueron largas conversaciones, con los primeros y con el segundo, en las que poco a poco se fueron conociendo y reconociendo unos a otros mejor. Y el Día del Perdón, ella tampoco lloró. Sólo le agradeció a Dios por sus bendiciones y pidió por la salud de Anna, por su recuperación.

—¡Buenos días! ¿Cómo amaneció la cumpleañera? —recibió

la primera llamada del día al único celular de la tienda que había podido manejar y que sus hijos se empeñaron en comprarle.

—Muy bien. Gracias —Beatriz sonríe emocionada en la soledad de su cuarto; es Meir.

—Carolina del Norte te extraña. Y yo también. Me habría gustado invitarte a salir hoy.

—A mí también me habría gustado. Pero tú sabes que para mí era muy importante estar aquí.

—Lo sé. ¿Te desperté?

—No, me desperté hace poco. O me despertaron, mejor dicho. Los pájaros. Cantando. ¿Tú dónde estás? Se oye un poco entrecortado.

—Estoy manejando.

—¿Y a dónde vas tan temprano, si se puede saber?

—A visitar a una vieja amiga que casualmente está de cumpleaños.

El timbre suena y Beatriz lo escucha mientras trata de digerir esas últimas palabras. "¿Una vieja amiga?". Aunque desde que se reencontraron en los bolos no ha pasado nada físico ente ellos, no le gusta lo que acaba de oír.

Ding dong. El timbre suena otra vez.

—Disculpa Meir, alguien llama a la puerta y tengo que bajar a abrir; Anna y Leonardo deben estar durmiendo aún. ¿Te puedo llamar en unos minutos?

—Sí. Y si no te contesto de inmediato no te preocupes, que no tengo muy buena recepción. Cualquier cosa hablamos después.

Beatriz cuelga, celosa y frustrada, preguntándose quién estará timbrando tan inoportunamente a las 8:30 de la mañana.

Se cierra la bata a toda prisa mientras camina hacia la entrada y se arregla el pelo con las manos antes de abrir.

—Feliz cumpleaños, Beatriz —la sorprende su antiguo amor con una sonrisa de oreja a oreja y un ramo de rosas rojas que trajo consigo en el avión.

—¡Meir! —exclama perpleja ella.

—No podía dejar de celebrar este día contigo. Así que, aquí estoy.

Beatriz baja la mirada avergonzada de sus fachas y él la hace sentir mejor.

—No te preocupes, no esperaba encontrarte vestida como la reina Isabel.

—Conque una vieja amiga, ¿ah?

—Temía que me descubrieras si decía un viejo amor. O peor aún, que me colgaras el teléfono y no quisieras verme más.

Ambos se ríen y Beatriz, tras recibir las flores y un abrazo, se lleva el índice a los labios en una señal de silencio e invita a Meir a pasar.

—¡Feliz cumpleaños Bea! —la reciben en la sala Anna y Leonardo, nuevamente cómplices del plan.

—¡Llegó el invitado especial! —dice Leonardo tendiéndole una mano al amigo de Beatriz.

—Mucho gusto, Meir —lo saluda Anna, que tras la quimio del día previo tuvo que hacer un gran esfuerzo físico para levantarse de la cama, arreglarse y estar ahí—. Qué bueno conocerte en persona, qué bueno que te animaste a venir.

—El gusto es mío. Gracias por recibirme en su casa, de verdad. Sé que no es el mejor momento…

—Ni hablar. Teníamos muchas ganas de conocerte. Bea no

ha parado de hablarnos de ti —dice Anna haciendo sonrojar a su prima, y Meir se ríe.

—Y a mí de ustedes. Créanme. El gran amor que les tiene lo ha sabido transmitir.

—¿Ya desayunaste? —le pregunta Beatriz.

—Me tomé un café en el aeropuerto, antes de venir.

—Bueno. Denme unos minutos para ponerme algo más decente y les preparo a todos algo de comer.

Leonardo aprovecha para poner la mesa y servir unos pastelitos de queso con masa de hojaldre de la panadería favorita de Beatriz, además de jugo de naranja natural, café y leche, ensalada de frutas, mermeladas y croissants.

—*Wow* —dice la cumpleañera al ver esa mesa primorosa, a sus queridos primos y a Meir—. Muchísimas gracias, de verdad. No esperaba este banquete, no esperaba despertarme y tenerlos a todos aquí… —agrega mirándolo a él.

Durante el desayuno Meir les cuenta animadamente de sus recuerdos de Venezuela y su llegada a Canadá de adolescente, de su mudanza a Carolina del Norte para dar clases de economía en la Universidad de Duke y de cómo él y su segunda esposa se había enamorado de ese ambiente.

—Beatriz nos comentó que enviudaste hace muchos años —dice Anna con curiosidad.

—Así es. Un cáncer me la arrebató, y me quedé solo con mis dos hijos pequeños.

—¿Qué tipo de cáncer? —insiste Anna, y Beatriz y Leonardo intercambian rápidas miradas de preocupación.

—Leucemia. En aquel entonces no existían los tratamientos que existen hoy. Sarah no tuvo la misma suerte que tú.

Al cabo de un rato, Anna se excusa para regresar a la cama

y Leonardo, aún pensando en la conversación, recoge la mesa sin aceptar la más mínima ayuda de Beatriz.

—No, no, no. Tú no has parado de ayudar y estás de cumpleaños. Y tienes un invitado especial. ¿Por qué no aprovechas para darle un tour por Scarsdale a Meir, que es la primera vez que está aquí?

—Vamos, Bea. Te invito a salir —le dice él sacando del bolsillo un juego de llaves con el llavero de Hertz, con la expresión de un adolescente que ha tomado prestado el auto del papá.

Beatriz se pone el abrigo y la bufanda y ya en el auto alquilado le indica el camino a Meir. El recorrido incluye la escuela primaria en la que estudiaron sus hijos, la escuela de educación media, la secundaria, la biblioteca pública y la sinagoga a la que suelen asistir. Es final de otoño y las hojas secas tienden alfombras bajo los árboles semidesnudos. Una que otra hoja naranja o púrpura cae revoloteando con el viento. En los porches de las casas, que incluyen desde pequeños chalets estilo Cabo Cod y residencias Tudor medianas hasta enormes mansiones coloniales, hay calabazas de distintos tamaños y grandes macetas con crisantemos rojos o amarillos.

Ya en el corazón del pueblo, dejan el auto frente a la estación de tren y echan a andar a pesar del frío y el viento por las pintorescas calles flanqueadas de viejos edificios, con sus boutiques lujosas y sus galerías de arte, sus pequeñas pastelerías, cafés y restaurantes.

—¿Te gustaría un helado? —pregunta de pronto Meir frente a una heladería decorada con dibujos de barquillos y sundaes humanizados con grandes sonrisas, ojos pequeños y largos brazos.

Beatriz se queda paralizada por un momento y finalmente dice que no.

—¿Con este frío?

—Estaba bromeando, en realidad —sonríe Meir sin sospechar los verdaderos motivos de Beatriz.

Unos pasos más allá ella le señala su edificio y duda si invitarlo a subir o no. Si lo hace, Meir podría pensar mal; pero no hacerlo sería una descortesía, después de que él tomó un vuelo especialmente para estar con ella ahí.

—¿No me invitas a subir? —pregunta él leyendo la duda en su expresión, que pronto se transforma en una pequeña sonrisa de resignación.

—¿Te gustaría subir? —pregunta Beatriz en voz baja.

Una ráfaga de viento la despeina y sacude las pocas hojas de los árboles.

—Si me ofreces un té, sí.

—Te ofrezco un té.

Beatriz mira a Meir, todavía sin creer que esté ahí. La última vez que lo invitó a pasar fue hace 58 años, en su casa en Venezuela. Pero esta vez no están sus padres para vigilarlos de cerca. Esta vez son sólo ella y él.

Beatriz abre la puerta y al ver pasar a Meir la invaden sentimientos encontrados; es la primera vez que otro hombre visita la casa que compartió con Alberto.

—No te preocupes, te entiendo perfectamente. Si prefieres podemos bajar a sentarnos aquí mismo en un café —le dice él cuando ella se lo cuenta.

—No, no. Está bien. Quiero servirte yo misma el té, quiero que estés aquí.

"Necesito que estés aquí", agrega sólo en su mente.

Beatriz pone el agua a hervir y ambos van hablando de las fotografías en las paredes, de los cuadros, de cuándo se casaron sus hijos y qué tan lejos se mudaron, de Alberto y la razón por la que no ha podido probar un helado desde ya hace casi cinco años.

—Lo he pensado, Meir. Quizás después del cumpleaños de Anna. Quizás después de verla cruzar ese umbral me anime un poco más... ¿Qué piensas? —añade al verlo mirándola con ternura.

—No sé, Bea, eres la misma pero a la vez te siento distinta aquí. Más triste, quizás.

—Es verdad. Yo misma he comenzado a sentirme como una especie de Dr. Jekyll y Mr. Hyde. Cuando estoy en Wake Forest me siento llena de vida, de felicidad. Aquí, aquí están todos mis recuerdos, la mayoría hermosos, es verdad, pero los malos tan vívidos y tan amargos que me sorprenden en cada esquina... no lo puedo evitar.

—¿Qué te ata aquí, aparte de Anna? Y perdona la indiscreción, pero algo me dice que ella preferiría verte un poco más lejos pero feliz.

—No lo sé. Un pasado que ya no existe. Una vida con Alberto y nuestros cuatro hijos en casa. Unos muebles. Dos alfombras. Una lámpara. Saberme a 30 minutos en tren de Manhattan, aunque ya no vaya nunca.

—¿Por qué no te mudas a Wake Forest? —la pregunta la sorprende.

—Lo he pensado, Meir, pero no es tan sencillo. Tampoco quiero llegar allá y ser una carga para mi hijo. Tendría que poner a la venta este apartamento y...

—Beatriz, tengo un par de apartamentos alquilados en Raleigh, cerca de casa, y en unos meses uno de ellos se va a de-socupar. Te lo presto, por todo el tiempo que quieras, de verdad. No necesito la plata. No tienes que pagarme.

Beatriz se queda muda con la propuesta. Meir le dice que lo piense, que no tiene que responderle ya, que cuando llegue el momento le volverá a preguntar. Claro que sería lindo tenerla cerca.

—Me haría muy feliz —añade.

Pero entiende que es una decisión que ella sola debe tomar.

Luego de almorzar en un café y pasear en auto un rato más, regresaron a la casa de los Katz, donde Leonardo pidió por teléfono comida orgánica de un restaurante para que Anna no tuviera que salir ni él cocinar. Poco después Sofía llegó con una hermosa tarta de frutas para cantarle a Bea el cumpleaños feliz.

Sólo faltó la madre de Anna, a quien ella prefirió no invitar esta vez por el agotamiento en el que la había dejado la quimio de la víspera.

—Necesito un día más para recuperarme —le explicó a su prima—. Mañana para Shabat la verás.

Después de la cena, Leonardo se dispone a salir para llevar a Sofía a la estación y Beatriz le pide que la deje de camino en su casa.

—¿Por qué no te quedas a dormir? —le dice Anna—. Aquí hay suficientes camas para Meir y para ti, asumiendo que prefieran dormir en cuartos separados…

—¡Prima! ¡¿Cómo crees!? —dice Bea, avergonzada, pero complacida de ver que su prima no ha perdido el sentido del humor.

—La vida es corta y hay que disfrutarla, ¿no? —le advierte

guiñándole el ojo antes de irse a dormir—. Feliz cumpleaños prima. Hasta los 128 años con salud.

—Hasta los 128 —repite sonriente la agasajada.

De nuevo a solas, esta vez sentados en el sofá de Anna, Bea y Meir se miran a los ojos. Aunque por fuera ella se siente capaz de mantener la cordura, mil mariposas le revolotean en el estómago, y el pecho le retumba como el de una adolescente a la que están a punto de besar. Ha pasado tanto tiempo desde que Meir y ella sellaron sus labios y con qué lujo de detalle lo puede recordar. Ha pasado tanto tiempo y, sin embargo, con qué soltura y comodidad puede hablarle, con cuanta confianza y honestidad.

—¿Hasta cuándo te quedas? —le pregunta a Meir.

—Hasta mañana al mediodía. Le prometí a mi nieto que iba a volver a tiempo para su último partido de béisbol.

Beatriz sonríe con algo de tristeza al enterarse de que en pocas horas otra vez no lo verá.

—Gracias por estar hoy aquí conmigo hoy. No sabes lo que esto ha significado para mí.

—Para mí también, Beatriz Goldberg, de verdad que sí. ¿Hace cuánto celebramos juntos esta fecha? ¿55, 60 años?

—Cincuenta y ocho.

—No puedo creerlo. Recuerdo que ese día te di un beso en la cocina sin saber que tu papá estaba viéndonos.

—¿Te acuerdas de su cara? ¡Desde ese día no me dejó salir contigo a menos que nos acompañara una chaperona!

Ambos se ríen a carcajadas y de pronto Beatriz siente a Meir mucho más cerca, movido quizás por un impulso de rememorar aquellas épocas, de volver a hacerla sentir amada y sentirse amado de nuevo él.

—Es tarde —interrumpe ella, camino de sus labios, con el corazón a punto de estallar—. Creo que deberíamos irnos a dormir.

Meir asiente sin decir palabra y ambos se paran del sofá en silencio y se dirigen cada uno a su cuarto, ella sintiéndose como una idiota por haberlo rechazado, él sintiéndose como un idiota por no haberla besado y ya.

"El día que me muera no quiero que te quedes para vestir santos", resuenan las palabras de Alberto otra vez en la cabeza de Bea.

Unos minutos después, cuando lo único que escucha es un profundo silencio, Beatriz sale a la cocina por un vaso de agua lamentando no poder hacer retroceder el tiempo, preguntándose qué habría pasado si se hubiera dejado besar.

Casi pega un brinco cuando ve la mano de Meir cerrando a su espalda la nevera. Se da vuelta y lo encuentra mirándola, con la intensidad de quien sabe que tal vez sea su última oportunidad de amar.

"Todo pasa por alguna razón", fueron las únicas palabras que Beatriz escuchó en su mente cuando, sin saber cómo ni cuándo, fue ella quien lo besó.

XXXIII

Sofía había vuelto a sentir las contracciones cuando lo vio ahí, en la entrada de su edificio, con una pequeña maleta y con cara de preocupación. Había salido una hora antes del trabajo para irse a reposar, como le indicó Emmanuel, y al bajar del taxi sintió un profundo malestar.

—¿Tú?

—Sofía. Ya sé que… Tenemos que hablar.

—¿Hablar? ¿De qué? A estas alturas no creo que haya nada de qué hablar.

—Mi esposa me dejó.

—¿Y yo que puedo hacer?

—No he dejado de pensar en ti. Y no tengo adónde ir.

Sofía no podía creer tanto descaro. Era un dolor mucho menor al que sintió aquella vez en Montreal o la primera vez que Rafael la había dejado. No llegaba ni a compararse con la contracción que ahora atravesaba su vientre.

—Sofía, por favor, tú eres la única que me puede ayudar, eres la única con quien de verdad quiero estar, y yo soy el padre de tu bebé… ¿Cómo estás?

Sofía no puede ni contestar.

—Te ves bien. ¿Cuántos meses son ya? Siete, ¿verdad?

—¿Por qué te dejó tu mujer?

—Eso ya no importa. Lo importante es que estoy acá, para ti —le dice él sin confesarle lo que ella alcanza a inferir: que estuvo con otra, con más de una quizás.

No supo si fue por la ira que le provocaba su ironía o por pensar en lo tonta que había sido al enamorarse de él, pero Sofía tuvo una nueva contracción, la más fuerte hasta el momento. Un baño de líquido amniótico le empapó enseguida el pantalón y le llegó hasta los pies.

"No por Dios, otra vez no", pensó de sólo imaginarse camino al hospital con Rafael, que ahora podía empañarle el momento más feliz de su vida.

—Por favor párame un taxi y no me vuelvas a buscar.

Rafael consigue el taxi al cabo de unos segundos y tras abrirle la puerta y verla sentada, corre al otro lado del vehículo y se monta él también.

—Esta vez no pienso dejarte sola. Esta vez me quedo hasta el final.

Las contracciones van haciéndose más seguidas y dolorosas y Sofía no tiene tiempo para discutir. Llama primero a Emmanuel y luego a sus padres, y pronto todos están camino al hospital Lenox Hill.

—Emmanuel, interesante ese médico tuyo. Me pregunto si arriesgará el pellejo por cualquiera de sus pacientes o sólo por ti.

Sofía entiende de inmediato de qué habla Rafael. La prueba de sangre. Esa que Emmanuel nunca ha acabado de contarle cómo consiguió. No quiere oír los detalles ahora de boca de su ex.

—Rafael, por favor, apenas lleguemos al hospital te quiero fuera de mi vida, te quiero fuera de aquí.

—Estás con él, ¿verdad? Por eso tu indiferencia, por eso no me quieres aquí. Sofía, mírame —le dice cuando ella fija la mirada en la calle, tratando de evadirlo a como dé lugar—. ¿De verdad ya no sientes nada por mí? Soy el padre de tu hijo, podríamos hacer que esto funcione. Nada más imagínatelo. Tú y yo de nuevo juntos, y el bebé. Podría funcionar. Yo lo sé. Tú lo sabes también.

Una contracción aún más fuerte obliga a Sofía a agarrarse al asiento con un gesto de dolor, mientras espera que pase el punto más álgido y la sensación amaine hasta la próxima contracción.

—Rafael, no quiero un show en el hospital, no hoy, no con mis padres ahí. Mi mamá tiene un cáncer y está muy débil. Estar en el parto de su hija es lo único que quiere hacer. Respeta al menos eso.

—Sofía, perdóname, por favor. No he podido dormir pensando que tendrás un hijo mío. Yo también quiero estar ahí para ustedes, para el bebé, para ti.

—Está bien —le responde Sofía abrumada y confundida, esperando no tener después que arrepentirse—. Mañana, cuando ya haya dado a luz y mi mamá esté en casa, puedes venir a visitarnos. Un disgusto en este momento para ella podría ser fatal.

Sofía interpreta el silencio de Rafael como un acuerdo verbal y le paga el doble de la tarifa al taxista para que vuelva al lugar donde los recogió, pues Rafael dejó su maleta atrás.

El alma se le estremece al ver a Emmanuel esperándola con una silla de ruedas en el vestíbulo del hospital, para llevarla él mismo al piso de maternidad.

—Tus padres estarán aquí en unos 40 minutos. Esperemos

que el bebé todavía esté cómodo adentro y sepa esperar —le dice con una dulce sonrisa y le da un beso en la frente.

Sofía asiente y deja que sus lágrimas digan todo lo que el nudo en la garganta no le deja decir: que se alegra más que nunca de verlo, que cómo desearía que él fuera el padre de su bebé, que lo ama y que acababa de confirmarlo hace un momento, en su absurdo encuentro con Rafael.

—Tranquila. Todo va a estar bien —le responde él sin entender una sola palabra de su silencio, pensando que llora sólo de miedo y emoción.

Ya arriba en una sala de parto, entre una y otra contracción, Emmanuel revisa a Sofía mientras una enfermera le coloca el suero, el tensiómetro en el brazo, el pulsómetro en el dedo y un monitor sujeto con una banda alrededor del vientre, para seguir los latidos del bebé.

—Seis centímetros de dilatación, 80 por ciento del cuello uterino borrado.

—¡Aaay! —se lamenta Sofía con una nueva contracción, el ceño fruncido y los muslos apretados.

—Sofía, estás a tiempo para una epidural. Si la quieres tienes que decirme ya.

Sofía se queda callada un momento. Le habría gustado dar a luz al natural, pero una nueva contracción la hace cambiar de opinión y asiente con la cabeza, retorciéndose de dolor. La enfermera sale corriendo al pasillo en busca del anestesiólogo, que acaba de pasar.

Con la incertidumbre de madre primeriza sumada al parto prematuro y el temor de que su bebé pueda no venir bien, Sofía se sienta al borde de la camilla abrazada de Emmanuel, como le indica el anestesiólogo.

—Tengo miedo —susurra temblando, mientras siente el frío alcohol del algodón en la columna.

—Shhh… Ya casi estamos. Ya casi vas a conocer a tu bebé —la consuela Emmanuel entre sus brazos.

El alivio fue instantáneo. Sofía se sorprendió al ver que aún podía mover las piernas, que aún sentía cada una de sus contracciones, pero ahora sin dolor.

De nuevo acostada, viendo la redondez de su vientre moverse lentamente en dirección sur, médico y paciente se miran a los ojos y se ofrecen mutuamente sonrisas casi imperceptibles pero llenas de emoción.

—¡Hija! —Anna y Leonardo entran preocupados.

—¿Cómo está? ¿Cómo vamos? —le pregunta Leonardo a Emmanuel.

—Bien. Acabamos de ponerle la epidural, la tensión de ella está bien, los latidos del bebé también. La última vez que revisé tenía seis centímetros de dilatación. Vamos a ver ahora —se pone un nuevo par de guantes y mete las manos bajo la bata de Sofía. Leonardo se voltea hacia un lado para no ver—. Casi ocho. Llegan a tiempo.

Anna se sienta junto a su hija y saca fuerzas de donde no las tiene para besarla y acariciarle el cabello y acomodarle la almohada.

—Recuerdo perfectamente el día en que tú naciste. Fue uno de los más felices de mi vida y hoy esa alegría se repite. Gracias hija, por darme la oportunidad de ver este momento —dice la madre con lágrimas en los ojos—. Todo va a salir bien. Estás en las mejores manos.

El momento llegó y Leonardo besó las mejillas y la frente de su hija antes de salir.

—Estaré aquí mismo esperando. Me avisan apenas sea abuelo otra vez —le dice a sus amadas mujeres antes de dirigirse al doctor—. Cuídamela mucho, Emmanuel.

—Sofía, en unos momentos vas a sentir unas ganas muy fuertes de pujar, pero necesito que lo hagas sólo cuando yo te indique, que va a ser con cada contracción.

—Ya, tengo ganas de pujar.

Emmanuel le acerca una silla a Anna. A falta de marido, y ante la debilidad de la abuela, llama a una enfermera más para que cada una sostenga una pierna de Sofía mientras él se encarga de recibir al bebé.

—¡Ahora! ¡Puja! —le dice con ánimo y ella puja, repitiendo el procedimiento con cada contracción.

Anna se maravilla al presenciar el más puro milagro de la vida, el nacimiento de un ser nacido del ser nacido de su ser.

—¡Guaaaaaa! —se hace oír la criatura, que sale muy rápido porque no es muy grande, y todos se echan a llorar, incluido Leonardo en el pasillo.

—¡Es varón! —le dice Emmanuel a Anna, a sabiendas de que Sofía se lo había guardado como un secreto especial.

Sofía toma a su hijo diminuto pero perfecto entre las manos. Y el médico invita a la abuela a cortar el cordón umbilical. Es tanta la adrenalina que Anna se levanta sola de la silla y por unos instantes se olvida de su enfermedad.

—Isaac —Sofía pronuncia el nombre del padre de Anna—. Se llamará Isaac.

XXXIV

Parado junto a la puerta, Leonardo escuchó el nombre del bebé. Era el nombre de su suegro que Anna no había podido darle a Gael porque en hebreo Leonardo también se llamaba Isaac y esta repetición iba en contra de la costumbre judía. Tampoco Gael había podido homenajear a su abuelo materno porque sólo había tenido niñas.

Aunque no la veía, pudo sentir la sonrisa de su mujer, las lágrimas en sus ojos, su corazón desbordado de emoción.

—Isaac Katz —le dijo abrazándola en cuanto lo dejaron entrar a la habitación—. Eso sí que suena bien.

Abrazó luego a su hija y le dio un beso en la frente, y tomó entre las manos a ese primer nieto varón pequeño y hermoso, que por ser prematuro tendría que pasar los próximos días en observación en el hospital.

—Gracias por hacerme abuelo otra vez —le dice a su hija consentida y después se dirige a su doctor—. Y a ti gracias por cuidármelas bien a las dos. Gracias por todo, Emmanuel.

Deslumbrada por los cambios en su cuerpo, Sofía alimentó

a su hijo con el poco calostro que salía de su pecho pese a sus siete meses de gestación.

—La naturaleza es sabia —le dijo su mamá—. Tu cuerpo sabrá producir lo que Isaquito necesite siempre y cuando tú te cuides y te alimentes bien.

—¿Cuánto tiempo nos diste tú pecho a nosotros, mamá?

—Casi un año a cada uno, con todo y que en esa época se puso de moda la leche de fórmula y ni mi médico entendía por qué tanto sacrificio si con un polvito y agua podía alimentarlos bien. Pero para mí era un momento de conexión tan especial, y ahora que te estoy viendo recuerdo perfectamente la sensación. ¡Qué nostalgia, hija! Disfrútalo al máximo por favor.

La puerta se abrió despacio y al ver aquel ramo de globos azules atados con un lazo de raso blanco Sofía pensó que había llegado Gael. Pero no era su hermano.

Anna y Leonardo, que no habían conocido a Rafael ni en fotos, lo recibieron con una sonrisa cordial. Esperaban que su hija les presentara a ese amigo, o colega, que quién sabe cómo se había enterado tan rápido. Pero Sofía palideció con Isaac dormido en sus brazos, aún pegado a su pecho, y por la reacción de Emmanuel pronto entendieron que se trataba de él.

—¿¡Tú!? —le dijo el doctor, incrédulo, y de inmediato buscó la mirada de Sofía.

Rafael sonrió con algo de nervios; no pensaba que todos seguirían allí.

—Discúlpenme —se atrevió a decir—, no he venido a molestar. Pero como el padre de este niño creo tengo derecho a estar acá.

"¿Qué hace este hijo de puta aquí?", piensa Leonardo, sintiendo un calor repentino en el cuello que el también repentino visitante pudo percibir.

—Por favor escúchenme, seré breve —les suplica Rafael—. Sé que he cometido muchos errores y no he estado aquí cuando tenía que estar. Pero quiero enmendarme, quiero estar ahí para mi hijo, quiero estar ahí para ti también, Sofía, y te lo pido aquí frente a tus padres, frente a nuestro hijo. Dame una oportunidad. Mi relación con mi esposa terminó. En unos meses seré legalmente libre otra vez y podremos estar juntos tú y yo.

Anna permaneció congelada, en shock. Emmanuel y Leonardo sintieron a la vez el impulso de partirle la cara a Rafael pero se abstuvieron para evitar una escena en ese momento feliz. Quizás aún más para ver cómo reaccionaba Sofía, cuyos ojos se movían rápidamente entre Emmanuel y Rafael.

Pero con ambos por primera vez delante, cualquier duda o ilusión estúpida que Sofía pudiera tener se esfumó. Tenía que hacerlo. Se lo debía a su hijo, a ella, a él.

—Mi hijo llevará mi apellido en principio, y si él decide adoptar el tuyo en unos años, asumiendo que hayas estado presente y hayas sido un buen padre para él, no me opondré —finalmente pronunció—. Pero lo nuestro, Rafael, ya no puede ser. Mi corazón le pertenece a otro y más claro no lo puedo ver. Te deseo que seas feliz. Y espero que tú también me permitas serlo a mí.

La seguridad en su voz no dejaba margen de negociación. Rafael tuvo que aceptar sus términos, decir hasta pronto, dar las gracias y pedir perdón.

Y fue también en frente de sus padres y de Isaac que Emmanuel le preguntó si estaba segura de lo que acababa de decir.

—No sé cómo va a sonar esto, pero tengo que ser honesta: hoy entendí que mi amor se divide entre dos hombres, y si a ti te parece bien —dice, mirando al médico —me gustaría que lleguemos a un acuerdo para poder estar con ambos a la vez.

Leonardo y Anna se quedan boquiabiertos. Pero Emmanuel no.

—Señorita Katz —le dice con una pícara sonrisa—, más vale que usted esté hablando de mí y de su bebé.

La risa de Sofía irradia una gran emoción. Emmanuel le besa la mano y la mira a los ojos, y le dice sonriente lo que ha querido decirle hace meses:

—A partir de este momento, no soy más tu doctor.

No hubo baby shower y ante el estado de Anna el Brit Milá fue un evento íntimo al que sólo asistió la familia cercana, Dina, Claudia, Natalia, Emmanuel… y Rafael.

Sofía no podía creer que ambos pudieran estar presentes en la misma sala, saludarse cordialmente y hasta conversar. Aún no sabía qué había pasado entre ellos el día que Emmanuel salió en busca de la muestra de sangre de Rafael. Pero estaba segura de que su ex médico se lo contaría algún día, de que todo estaría bien.

—Confía en mí —fue lo único que él le dijo una vez que Sofía le preguntó si Rafael podía llegar a demandarlo y a ella por cómplice.

Y Sofía confió.

Los regalos no faltaron. Desde hermosos trajecitos y juguetes hasta el cochecito del hijo menor de Natalia y las cunas viejas de Mia y Elle (una para su casa, y otra para la casa de

Anna y Leonardo), todo lo necesario fue apareciendo en cuestión de días. Pero el regalo más especial para Sofía fue un donativo de Emmanuel a nombre de Isaac Katz para la fundación benéfica de su elección: la Fundación para la Investigación del Cáncer de Seno. Y Anna no podía estar más orgullosa de su familia, no podía sentirse más feliz.

XXXV

Era pleno invierno cuando le quitaron uno de los medicamentos de la quimio, el paclitaxel o Taxol, el más fuerte de todos.

"Una inyección de este fármaco es capaz de matar a un caballo", le había dicho alguien una vez, quizá en sentido figurado. Pero Anna no lo dudaba; a ella le había arrebatado el cabello y las uñas, todas sus fuerzas, su resplandor. Y al mismo tiempo, cómo la había ayudado.

Los árboles no podían estar más desnudos pero la cabeza de Anna comenzaba a florecer de un modo más acorde con sus ánimos. Ya no tenía que someterse al tratamiento una vez a la semana sino cada tres, y la doctora Hunt le dio permiso de salir y divertirse un poco, de viajar incluso.

—Eres un milagro —le dijo tras leerle los buenos resultados de sus pruebas trimestrales.

Fue al salir de esa visita que Anna se tropezó otra vez con Bianca, aquella mujer recién diagnosticada que se confesó aterrada de empezar el tratamiento. Estaba sentada en la sala de espera con una enfermera y tenía la cabeza cubierta con un gorro que no lograba tapar su depresión, su gran tristeza.

—Leonardo, mira quién está ahí, ¿te acuerdas de ella?

—Sí —dice él sin expresar la pena que le produce ver a otra mujer pasando por el momento que él mismo atravesó hace unas semanas con su esposa.

Anna le pide unos minutos para saludarla a solas. Sabe que Bianca no tiene marido y su hijo está en la universidad. Puede ver su soledad, esa actitud de encierro que le hace recordar a Beatriz en sus años de aislamiento.

—Bianca, hola, soy Anna. ¿Me recuerdas? —le dice tras acercarse—. Nos conocimos hace unos meses, abajo, en el lobby.

—Anna, sí, claro. ¿Cómo estás? Todavía te ves... excelente —le dice con genuina honestidad, y con el pesar de saber que ella misma está tan mal, por fuera y por dentro, tanto física como anímicamente.

—Eso es ahora —dice Anna con una sonrisa compasiva—. Hasta hace unas semanas estaba irreconocible, débil, inmóvil a veces. Pero todo pasa, créeme. Todo pasa.

Bianca asiente y esboza una pequeña sonrisa forzada, y más allá de su cansancio Anna percibe rencor y rabia en su expresión, no hacia ella; hacia la vida.

—¿Cómo está tu hijo? —le pregunta Anna buscando reanimarla.

—Lejos —responde ella cabizbaja, asintiendo lentamente con sus ojos tristes, con su rostro pálido e hinchado.

—No pierdas la fe, Bianca. La lucha es larga pero por él tienes que ser fuerte, tienes que seguir.

—Ser fuerte y seguir —susurra Bianca, haciendo eco de sus palabras, y Anna siente unas ganas terribles de llorar—. Gracias, Anna. Fue lindo verte. Ya tengo que entrar.

Anna se despide de esa mujer que en realidad ni conoce

pero cuyo dolor la acompañó inconscientemente hasta en los momentos de mayor felicidad.

En pocas semanas, recuperó la energía suficiente como para acompañar a su hija a esa clase de yoga a la que no había podido asistir antes, pero esta vez no fue de yoga prenatal, sino de *Mamá y Bebé*. Qué alegría le produjo cargar ella a Isaquito y verlo sonreír, qué placer fue acostarlo frente a ella y estirarle los bracitos, hacerle masajitos en los pies. Cómo le recordaban sus ojos a los de su querido padre, cómo la emocionaba poder pronunciar su nombre otra vez.

Y luego vino ese viaje soñado a Israel que Leonardo organizó a escondidas y donde pasaron a solas el cumpleaños de él. No subieron hasta la cumbre de Masada, como Anna había escrito en su lista, pero sí se bañaron en las aguas saladas del Mar Muerto y se cubrieron de arriba abajo con su famoso barro, para beneficio de su piel.

De día visitaron museos, *kibutzim* y lugares históricos, y de noche caminaron como una pareja de novios por Tel Aviv y Yaffo, por Haifa y Jerusalén. En los mercados compraron las mejores semillas de girasol y los dátiles más deliciosos, almorzaron falafel y cenaron shakshuka y se sentaron en pequeños cafés frente a la playa a ver el atardecer.

—Me acuerdo del día en que te conocí. Apenas te miré a los ojos supe que quería salir contigo.

—¿Sabes lo que desde esta mañana no me das?

—¿Qué? —responde Leonardo conociendo la respuesta.

—Un beso.

Leonardo le sostuvo la barbilla y la miró como Rhett Butler a Scarlett O'Hara en *Lo que el viento se llevó*, igual que cuando eran jóvenes.

—Deberían besarte más a menudo, y alguien que sepa cómo —le dijo y selló sus labios.

El viaje no podía terminar sin una visita al sagrado Muro de los Lamentos, entre cuyas piedras, siguiendo la tradición judía, Anna puso un pequeño papel con una única plegaria escrita a mano: "Salud".

Era lo único que quería, para ella y toda su familia. Era lo único que en realidad necesitaba a esas alturas de su vida.

En estos últimos meses había visto a Sofía tener un hijo y florecer de la mano de un buen hombre que la amaba y a quien ella correspondía. Había visto sanar fricciones entre Sofía y Gael y a Beatriz renacer de sus cenizas, vivir casi con la intensidad de antes y hasta reconectarse en la vejez con su primer amor, "¿quién iba a decirlo?". Y su querida madre. Su madre celebró sus 95 años feliz, bromeando con una cerveza helada en la mano y sin percatarse de sus fallos de memoria y la enfermedad de su hija.

Anna necesitaba salud para seguir disfrutando de sus seres queridos, para seguir repartiendo y recibiendo el amor que había cosechado durante esa vida tan hermosa con Leonardo. Cada día daba gracias a Dios por haberlo conocido y haberlo sabido conquistar.

Fue una verdadera segunda luna de miel. Aunque habían hecho el amor contadas veces a lo largo del tratamiento, finalmente en Israel pudieron de verdad reconectarse, disfrutar uno del otro y redescubrirse en cuerpo y alma apartados de camillas y hospitales, de días en los que Anna a veces no tenía fuerzas para caminar y Leonardo no tenía fuerzas para sonreír.

—Gracias por estos días tan especiales, de verdad. Me hacía tanta falta algo así.

—A mí también Anna, a mí también.

Ya de regreso en Sloan para seguir con el tratamiento Anna recordó su encuentro con Bianca, que ahora parecía lejano pero que había tenido lugar tres semanas atrás.

"¿Cómo estará?", se preguntó y decidió llamarla al celular.

—Hola Bianca. Es Anna.

—¿Anna? —le respondió ella extrañada, con cierto tono de reproche—. ¿Por qué me llamas?

—No sé, pensé en ti y te quise saludar, ver cómo estás.

—¿Pero por qué hoy? ¿Por qué me estás llamando hoy precisamente?

—¡No sé Bianca! No entiendo. ¿Qué pasa hoy?

Anna escucha un silencio al otro lado de la línea al que siguen cinco palabras nefastas.

—Hoy decidí tirar la toalla —declaró Bianca—. No fui a mi quimio. No puedo más.

—¡Bianca! ¡No puedes hacerle eso a tu hijo! ¡Tienes que darle el ejemplo y levantarte, mostrarle lo que eres capaz de hacer por él! ¡Vamos! ¡Levántate y anda al hospital! ¡Ya no te queda nada!

Anna esperó en el lobby antes de irse con Leonardo y llamó más tarde a Lynn para rogarle que le averiguara si Bianca había estado ahí. No conocía su apellido y cuando la llamó de nuevo no le contestaron en el celular.

—Lo siento Anna, no puedo ayudarte. Es información confidencial.

Unas semanas más tarde recibió un breve mensaje que le llegó directo al corazón: "Gracias a ti soy la heroína de mi hijo. De no haber sido por tu llamada me hubiera perdido su graduación".

Fue una sensación indescriptible que le hizo cosquillas en la boca del estómago y que después de días de angustia la llenó de paz. "Pude ayudarla", pensó, y más que nunca sintió el deseo y la necesidad de ayudar a otros, de ver cumplida su misión.

—¿Por qué no escribes un libro? —le preguntó Leonardo—. Siempre has dicho que te gustaría escribir. De hecho estaba en tu lista. Podría ser una buena manera de ayudar a muchos a la vez.

—Sí —dijo pensándolo por primera vez con seriedad—. Todavía podría escribir.

XXXVI

—Feliz cumpleaños amada mía —la despertó con besos en los párpados y las comisuras de los labios su eterno novio, como solía llamarlo—. Bienvenida oficialmente a la tercera edad. Te había estado esperando.

Anna sonríe con los ojos cerrados y al abrirlos se encuentra en la oscuridad con los ojos de él. Sentado a su lado, en el lecho de sábanas blancas que comparten hace 38 años, Leonardo le acaricia el rostro y el flamante cabello.

—Entonces es verdad —Anna casi susurra—. No estaba soñando.

Leonardo niega con la cabeza y le sonríe de medio lado.

—¿Qué hora es? —pregunta ella tomándolo de la mano.

—Las 12:01 —le muestra el reloj electrónico en su mesita de noche, lo único que les da algo de luz—. Te quedaste dormida a las 10:00, esperando a Dina.

—¡Dina! —Anna casi salta de la cama al recordarlo.

—Tranquila, ya llegó, está bien. Está leyendo abajo… ¿Cómo te sientes?

—Bien. Increíblemente bien, diría. Feliz. De despertar. De ser. De estar.

Leonardo le tiende el ejemplar de esa joya del Gabo a quien ella tanto admira, en cuya página 65 un cigarrillo ha esperado un año para que se lo fumen.

—Me imagino que querrán esto —le dice—. Si van a hacerlo este es el momento; mañana con toda la familia aquí ya no podrán.

Anna toma el libro y aun en medio de la oscuridad puede leer el título, o más bien ver la imagen grabada en su memoria.

—¿Nos acompañas? —le pregunta al marido.

—¿Quieres que las acompañe?

—No sé… Sólo si tú quieres.

—Ve tú. Tu amiga te espera. Esto es algo de ustedes. Yo me quedo aquí, por si surge algo.

Aún acostada en la cama, Anna estira los brazos en busca de los de Leonardo, que la abraza y la ayuda a levantarse.

—Te tengo un regalo —le susurra al oído—. Cierra los ojos que voy a prender la luz.

Anna obedece y, tras parpadear bajo la tenue claridad de la lámpara de noche, recibe una caja forrada con papel blanco que abre con el mismo cuidado con que abrió los obsequios del año anterior.

"64 + 1", dice una tarjeta pegada a un iPad, el producto más reciente de Apple. "Para que escribas tu libro, que estoy seguro ayudará a miles de personas".

Con lágrimas en los ojos Anna abraza a Leonardo, emocionada, conmovida.

—Ahora sí se me acabaron las excusas —le dice dándole

besos en la mejilla—. Gracias, amor mío. Le daré buen uso. Te lo prometo.

No había pasado media hora cuando Leonardo empezó a escuchar las risas y olió el humo que apenas se colaba por debajo de la puerta, pero que lo trasladaba a tantos conciertos a los que asistió en su juventud.

—¡Llegó el día! —recibió Dina a su amiga con un fuerte abrazo—. Feliz cumpleaños, Annita. Gracias por quedarte con nosotros en este plano. Gracias por tu determinación.

—Gracias a ti por tanto apoyo y sabiduría. Sin ti, sin Leonardo, sin mis hijos, sin Beatriz, no sé qué habría sido de mí.

Dina puso una de sus músicas relajantes e inhaló lentamente el cigarrillo mientras Anna la observaba sin acabar de creer que ese momento había llegado, que realmente estaba ahí, con vida, presente.

Cuántas cosas habían pasado desde su último cumpleaños, cuántas tragedias y alegrías, momentos de desesperación y de esperanza. Cuántas llamadas de aliento, cuánto afecto, cuánto amor. Y cuánto habían cambiado ella y su percepción del mundo. Y la vida de Sofía. Y la de Beatriz.

Tras un par de caladas, Anna recibe de Dina ese regalo del año anterior y se queda unos segundos examinándolo entre sus dedos.

—Qué ironía —dice sentada recatadamente en el borde del sofá, recordando cómo a los 25 años empezó igual y terminó con la espalda empotrada en la suavidad del respaldar, y los músculos de las piernas y los brazos relajados como los tentáculos de un pulpo en el supermercado—. La chica antidrogas celebrando su mayoría de edad con un pito de marihuana. ¿Qué tal?

—Considéralo marihuana medicinal —le dice Dina, haciéndola soltar la primera de muchas carcajadas—. En California, con tu cáncer, podrías ser legalmente una *junkie*, en el mejor sentido de la palabra.

—Una *junkie* a los 65. Qué bien suena, ¿no? Sesenta y cinco. Qué inmortal me siento de pronto.

—Es la marihuana, amiga —se ríe Dina de Anna—. La *Crónica* de Gabo la añejó bien.

—*Crónica de una muerte anunciada* —reflexiona Anna sintiéndose más cómoda en el asiento, y en su propia piel—. *Crónica de una...* Si me tocara escribir un libro, ¿cómo lo titularía?

—*Crónica de una... ¡Crónica de una teta asustada!*

Anna estalla de risa y contagia hasta a Leonardo, que se pregunta de qué estarán hablando abajo pero no se atreve a interrumpir la fiesta de esas dos.

—¿Qué tal *Memorias de 'mama blanca'*?

—Te demandarían los herederos de Teresa de la Parra...

—¿Y *La tetamorfosis*?

—*Trópico de cáncer*.

—¡*Lolita*!

—*Annita en el País de las Maravillas* —dice Dina al ver que Anna le da otra calada al cigarrillo, ya a medio consumir.

Es la primera vez que Anna y Dina hablan del cáncer con humor. La primera vez que Anna desahoga su ira contra la enfermedad haciendo chistes, riéndose de sí misma, y por momentos con ganas de llorar. Y el efecto es sanador.

—Si nos vieran Gael y Sofía —le dice Anna a su amiga.

—¡O Beatriz! ¿Te la imaginas?

Así las sorprendieron, entre chistes y recuerdos, entre risas y una que otra lágrima, las tres de la mañana, cuando ambas ya no dieron más y se fueron a dormir.

—¿Qué tal? —le pregunta Leonardo al verla de nuevo en la cama.

Sin poder ya decir palabra, Anna sonríe, le da un beso y continúa el viaje en sueños. "Feliz cumpleaños, hija", le dice su padre sonriendo desde una nube, tomando su mano de niña y llevándola de paseo. "Estoy orgulloso de ti".

Eran las 12 del mediodía cuando se despertó sola en su habitación, junto a una rosa roja sobre la almohada de Leonardo. "Todo bajo control", decía una nota cómplice. "Ya están todos aquí".

Anna se baña y se mira al espejo, acercándose tanto como le permite su presbicia, y dedica unos minutos a estudiar su reflejo. Un aro blanco alrededor del iris podría indicar un nivel de colesterol elevado, un tono pálido en los párpados indicaría anemia, un cambio en el tono de la piel podría deberse a una hepatitis u otro problema del hígado. "Todo en orden", se dice una vez más riéndose de sí misma.

—¡Feliz cumpleaños! —la reciben abajo, entre vítores y aplausos, Sofía y Emmanuel, Gael y Rebeca, y Beatriz y Meir, que han venido especialmente desde Raleigh. Están también Dina, su madre, Leonardo y sus adorables nietos.

Fue una celebración mucho más íntima y sencilla que la de sus 64, pero también mucho más significativa.

—Querida familia —pronunció en su discurso al final de la tarde, mientras todos disfrutaban del pastel y las frutas y su madre de un profundo sueño en el sofá—. Hoy en este cumpleaños tengo tanto que agradecerle a Dios y a la vida, a la medicina convencional y la alternativa, al yoga, al reiki y a la meditación, y sobre todo, por encima de todas las cosas, a mis ángeles guardianes, ustedes. Dicen que todo tiene su razón de ser, y aunque mi enfermedad nos ha causado gran dolor y sufrimiento, también nos ayudó a apreciar las cosas más esenciales de la vida: a unirnos y querernos más unos a otros, a valorar aquello que realmente es importante. Hoy estoy aquí, feliz de celebrar con ustedes mis 65 años, feliz de haberlos visto crecer y madurar en este año, reír y llorar, hacer o rehacer sus vidas. No sé qué pase mañana, no sé cuánto más tiempo me quede de vida; todavía tengo un largo camino por recorrer en esta lucha a la que los he arrastrado a todos. Pero hoy estoy aquí, y si algo les puedo decir con toda certeza es que gracias a todos y cada uno de ustedes los 64 fueron el mejor año de mi vida.

Ya en la soledad de la noche, con Leonardo y los invitados dormidos, Anna se acuerda de Bianca y de la sensación que le produjo saber que había podido ayudarla a recoger la toalla, a recuperar algo de fuerza y seguir adelante hasta el final.

"Para que escribas tu libro", lee una vez más la tarjeta sobre su iPad, que coge y enciende. El programa de Pages está abierto con una palabra tecleada por su amado: EMPIEZA.

Anna toca la pantalla con un dedo y de inmediato aparece un teclado virtual.

"64", escribe, acomodándose con algo de dificultad a esa forma rara de escribir. "Por Anna Katz".

"Dos días antes de morir, mi padre me dijo:

—Hija, tengo la misma edad que tenía tu abuela cuando murió.

En su voz noté un tono de melancolía, quizás porque presentía que el final, finalmente, estaba a la vuelta de la esquina.

Tras pasar múltiples sustos desde que era niña sabía que tarde o temprano mi papá se iría, pero preferí evadirlo para escapar del dolor que la sola idea me producía y le respondí con un ay papi, no digas eso, y cambié de tema de inmediato.

Una semana antes del primer aniversario de su partida falleció mi tía, su única hermana, a la misma edad: 64, los años que anoche me celebró mi familia.

Aunque mi madre sigue viva a los 94 y he tratado de llevar una vida sana los últimos 30 años, no puedo negar que me atemoriza dejar prematuramente el mundo. Quiero lanzarme a hacer todo lo que no he osado, probar lo que no he probado, bailar lo que no he bailado y divertirme hasta la médula para VIVIR al máximo el que podría ser mi último año.

Con mis hijos ya está hablado y mi marido, un esposo soñado, ha prometido acompañarme hasta el final y despejarme el camino para asegurarse de que todo salga como yo lo he planificado.

Me llamo Anna Katz y mi aventura comienza".

AGRADECIMIENTOS

A mi papá, Isaac Ratner, por haberme inculcado el amor por la cocina y sobre todo, pese a su dislexia, el amor por la literatura. Dondequiera que estés, espero que estés orgulloso.

A mi mamá Batia, *Ima*, por todo tu apoyo y tu amor y por decirme "eres una niña con suerte" tantas veces a lo largo de mi vida que me lo creí, y cómo me ha ayudado en las buenas y en las malas.

A mi abuela Fela por tantos domingos de Bingo y a mi tía Miriam por repetirme desde que era niña y hasta poco antes de su muerte que un día iba a escribir un libro. Aunque hace mucho no están, las tengo siempre presentes.

A Erik Riesenberg y Carlos Azula en Penguin Group por haberse arriesgado a apoyar este proyecto desde sus etapas iniciales.

A mi agente literaria, la incansable Aleyso Bridger, por creer en mí, por su dedicación, por su empeño y desempeño.

A mi querida Leila Cobo, la madrina de *64*, que me impulsó a seguir adelante con la promesa de que si lo hacía me ayudaría a conseguir agente. Y así lo hizo.

A mi editor, Juan Tafur, por cada aporte y corrección que fue puliendo esta novela y por la amistad surgida entre comas, comillas, *itálicas* y largas sesiones de trabajo por Skype. Sólo espero que esta sea la primera de muchas colaboraciones.

A Adriana V. López por su atenta revisión.

A mi amiga Amparo Botero Krestin, cuya fuerza en su lucha contra un cáncer de mama en estadio IV inspiró muchos de los acontecimientos en este libro. Gracias por ser ejemplo de vida y superación.

A la doctora Ítala Longobardi, oncóloga especializada en cáncer de mama en Venezuela, por su asesoría y su cariño. Y a su hijo Antonio París, mi gran amigo de la UCV, que cada cumpleaños desde que nos graduamos me recordó que tenía pendiente escribir una novela.

A mi hermana Rinat Ratner, no sólo por su amor y su apoyo incondicional desde que tengo uso de razón sino por una personalidad alegre, amiguera y emprendedora que inevitablemente contagió al personaje de Sofía. Gracias por ser la mejor hermana del mundo.

A mi hermana del alma, Nathalie Akinin, por 30 años de vivencias inolvidables, por tus palabras de aliento, por tu espiritualidad y tu hermosa energía y por alimentar consciente e inconscientemente el personaje de Dina.

A Isabel Allende, por una conversación casual hace un par de años, durante una entrevista en la sede de la Associated Press, que sin que yo lo supiera en el momento le dio vida a la prima Bea.

A Tom Rachman por inspirarme a seguir escribiendo con su maravillosa novela *The Imperfectionists* y por sus palabras de aliento durante un bloqueo creativo.

A Laura Restrepo por *La isla de la pasión* y por ese "yo sé que tú vas a escribir tu libro".

A Maude Laberge-Boudreau, del Festival Internacional de Jazz de Montreal; a Martine Isak por su francés canadiense; a Amelie Kraus por su experiencia en la *Caminata Avon contra el cáncer de seno* y a Iván Cruz por sus hermosas descripciones de Raleigh.

Al rabino Daniel Schweber por el salmo 64.

A Anna y Par, los amables dueños de la Patisserie Salzburg en Scarsdale, por una mesa siempre lista, un tomacorriente para el cargador del iPad, una sonrisa dulce y un café delicioso.

A mi hermano Avi Ratner, por toda la música y por acompañarme a ver películas de terror mientras los otros dormían, y a su esposa Ruth por el cariño y el apoyo de siempre.

A mis queridos suegros, Jacobo y Laura Arias. A mis cuñados y concuñadas, Ricky y Shirley y Eddy y Vicky, por siempre *Los Hermanicos*. Y a todos los tíos, tías, sobrinos, sobrinas, primos y primas, abuelos y abuelas... A toda la familia, gracias por estar ahí.

A Diana y a Elinor Mayer. A Mónica Friedman y a todos los que se vistieron de rosado por ella aquel día, en distintas partes del mundo, en un evento realmente conmovedor e inspirador.

A mi familia de Scarsdale: Rubén y Ginny, Ilanit y Yaniv, Danny y Merchi, Robina, Liat. A mis mejores amigas en Caracas, Perla y Britty; a Margaret y Miguel en Tampa, a Jenny Ghelman y otras tantas amistades en Miami, por tantísimo apoyo y entusiasmo.

A toda mi familia en la AP, entre ellos Daniel Zadunaisky, Pablo Giussani y el maestro Jorge Covarrubias, gracias por ayudarme a ser cada día una mejor periodista, editora y escritora. ¡Qué honor llamarlos colegas y amigos!

Y gracias, principalmente, al motor de mi vida: mis hijos Alan, Daniel y Evan, por su amor puro, su paciencia y su entusiasmo; y mi amado esposo Isaac Arias, por la mano tibia en el momento preciso, por el pie bajo la sábana, por un amor que con los años sólo se multiplica y se multiplica. Sin tu apoyo y sacrificio, *64* no existiría.